魔豆

懶散勇者物語 04

Brave Story

離家出走的勇者

香草／著

懶散勇者物語 04

目錄

懶散勇者物語 CHARACTER

水靈

誕生於聖湖靈氣之中的精靈，似乎擁有自己的語言。是手掌般大小的少女形態。

夏思思

17歲長髮少女。被真神召喚至異世界的勇者。總喜歡穿著寬鬆衣服，讓人看不出她到底有沒有身材……個性有點懶散，也很怕麻煩，但卻聰明、思緒敏捷。
擁有強大精神力、能穿越任何結界。

卡斯帕/伊修卡

15歲，雙重身分（真神/祭司）。
化身為卡斯帕時，外貌絕美，身著精靈常穿的長衫。當身分為伊修卡祭司時，長相平凡，身穿祭司白袍。雖身分尊崇卻性格輕率跳脫，以旁觀勇者的旅途為樂。

埃德加

24歲，聖騎士團第七隊隊長。
難得一見的標準美男子。個性嚴謹，給人有點冷漠的感覺，卻有著外冷內熱、充滿正義感的一面，是名信仰虔誠的信徒。
魔武雙修，能力高強。

艾莉

實際年齡為25歲（雖然像15歲），隸屬埃德加麾下。很有鄰家小妹妹的感覺，但是其實非常喜歡惡作劇，又很毒舌，喜歡吐槽自家夥伴。然而，她過於年輕的外貌似乎隱藏著某個祕密……

奈伊

年齡不詳，是被教廷封印的高階魔族，但卻聲稱自己不食人肉！個性單純、不諳世事，被夏思思解除封印之後，便將她視為「最重要」與「絕對服從」的存在！

艾維斯

22歲，亡者森林裡的首領。
臉上常掛著若有似無的笑意，有著獨特又神祕的魅力。擁有一頭金紅及肩長髮、中性美的端正五官，性格卻聰慧狡詐。

ch.1
西方要塞

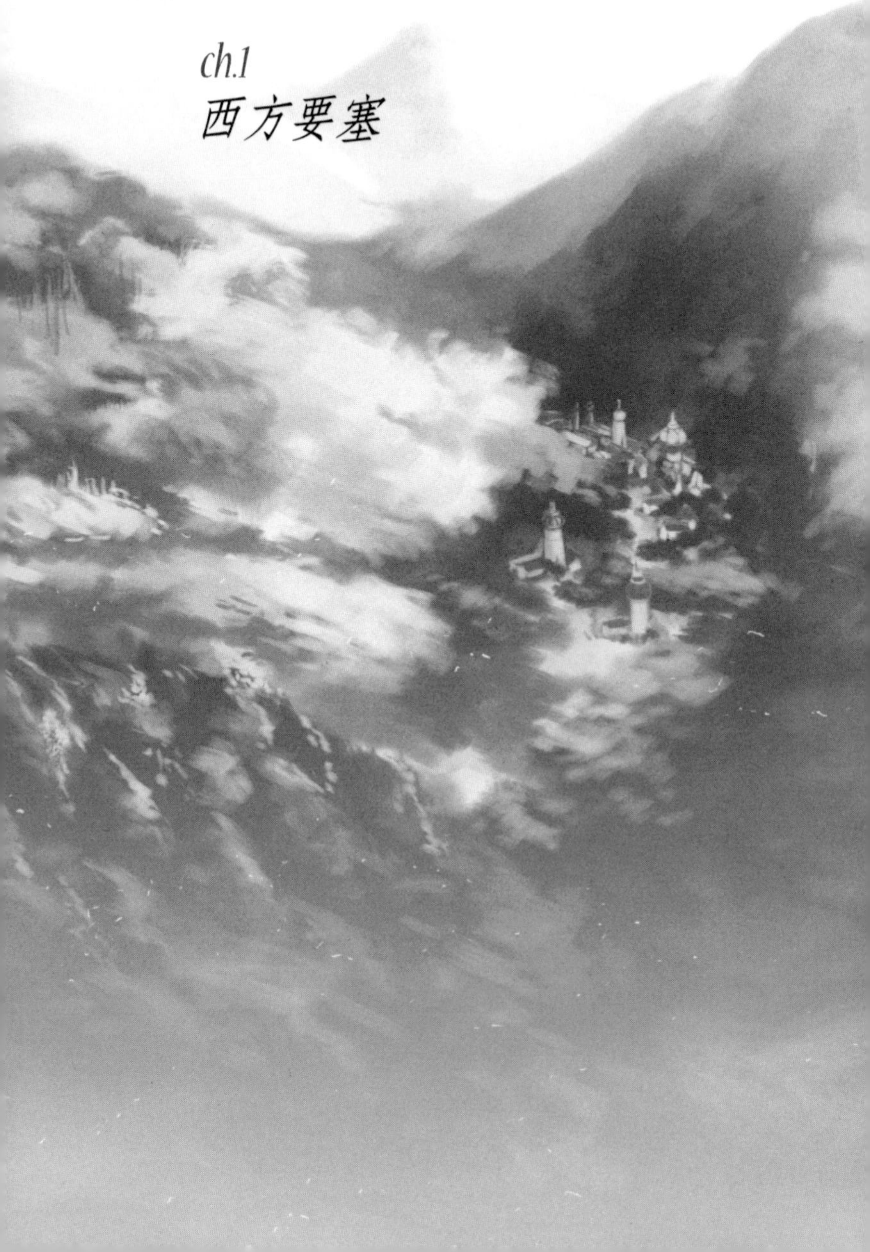

在兩名聖騎士再三保證外借坐騎以後會立即啓程、絕不幫任何的忙、絕不拖延哪怕一秒以後，夏思思這才勉強答應以「勇者」的身分出面。

善變畢竟是女人的專利，爲免夏思思反悔，離開妖獸之地後，眾人便直接往西方要塞奈利亞出發。

大概也對這些動不動便騷動不已的坐騎感到不耐煩了吧？夏思思難得積極地趕路，加上所有同行的人全都擁有卓越騎術，結果竟在天黑以前便來到了沃富特山脈的邊界。

夏思思本打著飛快向西方軍借取軍馬後，便立即進旅館休息的如意算盤，然而就在接近奈利亞要塞時，奈伊卻阻止大家繼續前進。青年忽然變得凝重的表情，正說明不遠處的要塞出了狀況。

「要塞遭受攻擊，雖然只是一些低階妖獸，可是數量並不少。」敏銳地捕捉到空氣中的殺氣以及血腥味，奈伊嚴肅地做出警告。

「……那回頭好了。」勇者大人想也不想，一拉韁繩便要往回走，動作乾脆俐落，不帶走一片雲彩。

眾人無奈地對望一眼，深知夏思思極度怕麻煩的性格，因此也不多說什麼。心想以西方軍的強悍，來犯的妖獸再多也不足爲懼，正好還可以讓他們練練兵，免得他們閒閒沒事幹。

沃富特山脈是阻隔闇之神羅奈爾得封印地與人類帝國安普洛西亞王朝的天然屏障，在此駐守的西方軍早就對魔族見怪不怪。不同於聖騎士輔以神術的攻擊，這些出色的軍人自有一套以武力來對付妖獸的方法。

這也是爲什麼埃德加他們會極力主張向西方軍外借戰馬的原因。除了聖騎士的馬匹外，就數西方軍的戰馬最不畏懼魔族的煞氣。相較於這些幾乎每天都會與妖獸打交道的戰馬，連王族的馬匹也稍遜一籌。

打著「先撤退，事情過後再把勇者拐回來」的想法，眾人也隨即一拉韁繩，跟隨少女離開這個是非之地。

偏偏上天就好像要與夏思思開玩笑似地，難得就連最頑固的埃德加也默許她撤離，這時候地面卻傳來一陣鼓動，數隻腐爛的手從泥土伸出，雖然沒有抓中奔馳中的馬腳，卻足以把這些平常只用來拉車的馬兒嚇得驚惶失措。

一隻又一隻帶有濃烈屍臭味的手從地面伸出，嚇得馬匹人立起來不停嘶叫。酷愛恐怖故事的夏思思眨了眨眼，道：「生化危機？」竟隱約透露出雀躍的情緒。

很快地，破土而出的手便增加至數百隻，數量壯觀之外，更是完全堵塞了勇者一行的去路。馬匹不安地原地踏著四肢，怎樣也不願前進。

數以百計的手向空中胡亂抓了一會兒後，便開始扒開地面的泥土爬出。先是頭，然後是身，最後就連滑溜的蛇尾也全部離開了地面。

夕陽西下，殘留的微弱光線仍讓眾人看清了妖獸的模樣——牠們擁有尖長的耳朵，酷似人類孩童的上半身全是膿包，活像沒毛且死亡多時的猴子屍體，噁心度滿分。

而妖獸自腰間以下的下半身卻是閃爍著鱗光的蛇尾，這令少女想起了童話故事中的人魚公主——雖然眼前的是驚悚版，而且人家公主擁有的是魚尾並不是蛇尾！

就在夏思思決定用魔法呼喚出巨浪，把這些噁心的妖獸捲走時，沉重的馬蹄聲從遠方傳來。

凱文雙眼一亮，道：「是西方軍！」

那是一隊爲數約有百人的小型騎兵，與裝備輕巧的聖騎士不同，這隊騎兵包括坐騎在內，佩戴的全爲重型盔甲，人數不多，但聲勢浩大。單是前進時那猛烈的衝撞便把妖獸群衝散開來，一些走避不及的妖獸更是被踐踏成肉醬。

這些妖獸的特點是數量多，且能夠潛藏於泥土中。當然，對於膽小的人來說，牠們的外表更是有著威嚇的效果……然而攻擊力卻很一般，動作單一、速度更是緩慢得很。牠們最愛突然從地底伸出利爪抓住路過的生物，獵物只要一被抓住，便會被蜂擁而上的妖獸撕成碎片。

而這隊西方軍轄下的重騎兵，可說正是這些妖獸的剋星。戰馬訓練有素自不用說，加上馬匹的四肢及下腹皆特別設置了特製的盔甲作保護，讓騎士們能毫無顧忌地迎面衝進敵陣。很快，這些妖獸便發出吱吱的刺耳叫聲，顯是知道在這些鐵蹄下討不了便宜，通知同伴們立即潛回地底。

看到妖獸漸漸散去，重騎兵也不追擊，一拉馬頭便轉而將視線投向勇者一行。

「聖騎士？」騎兵隊的隊長在看到埃德加與凱文的裝束時，不禁驚訝地低呼了聲。厚重的盔甲令聲音變得帶有空洞的迴響，卻仍能聽出對方的嗓音意外年輕。這讓本以爲對方至少是個中年大叔的夏思思，瞬間露出了充滿興味的神情。

埃德加沉穩地向對方頷首示意，道：「感謝眾位的協助，我與凱文隸屬聖騎士團第七隊，現直屬勇者夏思思大人麾下，特意前來西方要塞請求與諾耳曼將軍會面。」

同樣早就換上一身代表聖騎士銀甲的凱文則是沒有說話，只是向眼前的重裝騎士回以一個苦笑，並盡力不讓自己被身下那騷動不已的馬匹摔下來。

「勇者大人的直屬部下!?呃……各位的坐騎……」愣了愣，男子這才從埃德加的自我介紹中反應過來，注意力卻又立即被眼前這些努力想把主人摔下的劣馬吸引，實在不知道應該先驚訝哪一點比較好。

一匹合格的戰馬要經過十分特殊的訓練，不怕火、不怕妖獸的咆哮、不怕刀兵鼓聲等等，才上得了戰場，不然血統再好、再怎麼神駿的馬匹，到了戰場也無法發揮作用。更遑論夏思思等人所乘騎的馬匹全都是普通的馬，即使他們的騎術再精湛也於事無補。

看眼前數名年輕男女的馬匹仍舊努力跳著探戈，對方沉默了兩秒，便回復冷靜地向勇者一行建議道：「雖然今天的襲擊應該差不多快要停止了，但身處戰地終究危險，何況這位置還是妖獸『鱗尾』的巢穴。若各位不介意的話，請讓我們護送大家進要塞中。」

獲得夏思思頷首，一行百人的重騎兵小隊便忽然變更隊形，整個散開，下一秒卻又整整齊齊地組合成把夏思思數人包裹在正中央的隊形。前進後退間井然有序且快捷迅速，充分表現出西方軍良好的紀律。

前後左右皆被重騎兵包圍，驚慌不已的馬匹即使再不願意，也只能被逼得往前跑。一路上這個包圍網竟沒一刻鬆散過，這就更令夏思思感受到這隊騎兵的策騎技巧以及紀律性到底有多高明了。

在重騎兵的護送下，眾人很順利地越過零星戰區，巨大的鋼鐵要塞奈利亞就在眼前。

在這短短路程中，勇者一行人已經得知這個小團隊的首領名爲狄可，正是諾耳曼將軍的三子。也從他口中得知近來妖獸活動變得益發頻繁，往常偶爾一次的襲擊，現在卻變成每天一次的例行攻擊。逗留於邊界的妖獸數量與種類也變得愈來愈多，有些就連見多識廣的諾耳曼也從未見過。

就好像有股無形的力量，命令牠們不惜代價攻入人類的要塞。

言談間，夏思思忽然「噫」了聲，眾人只見水靈現身於少女身畔，隨即陣陣濃郁的水氣便以夏思思爲中心瞬間擴散至四周。

艾維斯心念一動，把視線轉向注意著夏思思動作的狄可。雖然因盔甲的遮擋而看不到男子的表情，但那滿布驚訝的眼睛，卻足以說明狄可對水靈的出現感到很訝異，可見夏思思的一切資料被保密得很好。

再想到自遇上狄可起，他們便令對方驚訝連連，這讓艾維斯不禁露出了玩味的笑容，道：「狄可，你們可以先停下來嗎？」

現在勇者一行與其說是在策騎前進，倒不如說是身下的坐騎被重騎士們挾著走。因此想停下來，倒還要獲得這隊重裝騎士的配合才行。

呆呆看著艾維斯的笑容，這時狄可眞的慶幸自己正身穿一身重裝備，讓別人看不到他的臉，因爲他竟因青年一個美麗無比的微笑而臉紅了。

不過，倒也不能怪狄可輕浮，畢竟愛美之心人皆有之，艾維斯本就長得俊美，而且還是充滿神祕感的中性美。再加上一身優雅從容的氣質，就更令他在一群肌肉男包圍的戰場中變得顯眼無比了。

若此刻埃德加告訴狄可，這名優雅斯文的青年其實是來自亡者森林的山賊首領，男子必定不會相信。

像艾維斯這種能掩飾強大內在的氣質，無疑是種可怕的才能。而這一點，同時也顯現於夏思思的身上。

在埃德加的引見下，狄可已經知悉了夏思思的身分。但對重裝騎士來說，「勇者」只是個單純的身分概念，簡單來說，就是他不認爲這名身材纖弱、頂著一副傻裡傻氣粗框眼鏡的年輕少女會有多強。

然而，當夏思思右手平放，並於手掌上以水氣凝成幾顆晶瑩剔透的彈珠時，狄可發現他錯了。

他實在不該把眼前的少女視爲弱者，輕易將其歸類爲軟弱無害的人。

這是在夏思思二話不說，便將手裡彈珠以高速射向兩個位於要塞外、與妖獸作戰的步兵時，狄可唯一的想法。

「快躲開！」想不到夏思思竟忽然向步兵施以毒手，這數顆體積雖小、速度飛快的水珠，被擊中的話絕對非死即傷。

那兩名步兵聽到狄可的警告而反射性看去之際，只聽到「咻咻」夾雜著破風的聲音飛來的東西。兩人還未來得及反應，便感到有幾枚小東西快速掠過耳邊，身後隨即傳來幾聲悶響。

狄可發出警告後立即策馬上前，當看到那兩個步兵沒有立即閃避，而只呆立在原地回首察看時，他已暗道一聲「糟糕」，畢竟馬匹再快也快不過這數顆以魔力操控的水珠。絕望的無力感湧上狄可心頭，只怕下一秒，步兵們就要血濺當場……

但，夏思思射出的水珠卻只擦過步兵耳邊，直接擊向要塞那厚重的鋼鐵圍牆。

在眾人目瞪口呆的注視中，水珠停在暗黑鋼壁一公尺外，並發出數聲悶響，彷彿擊中一些看不見的東西。隨即水珠停頓的位置竟湧出紫黑色的鮮血，然後一條足有一個成年人大小的蜥蜴便從鋼壁上「剝落」下來，在地上抽搐一會兒以後便完全死透。

蜥蜴斷氣的瞬間，那身鋼鐵色的表皮漸漸變成有點透明感的淡棕色，顯然這才是牠褪下偽裝後的真正顏色。這是一種名為「壁魔」的妖獸，外型像蜥蜴，手指生有吸盤能夠黏附在牆壁上，柔軟的皮膚雖然沒有太大的防衛力，卻能模擬所在環境而改變顏色，讓西方軍防不勝防、非常頭痛。

「請問可以把武器移開了嗎？」清脆的嗓音響起。原來在狄可策馬試圖阻止夏思思「攻擊」同僚之際，他的隊員也立即展現出訓練有素的默契，全部拔出長槍、列出圓陣，迅速把勇者一行困在裡面。

看到這外型近似蜥蜴的妖獸屍體後，眾人才醒悟到少女只是替他們擊殺潛伏的妖獸而已。在夏思思戲謔的視線下，重裝騎士們立即訕訕地放下武器，尷尬得不知該說什麼才對。

狄可立即慎重地向夏思思道歉，並且慶幸自己仍戴著頭盔，此刻自己這副狼狽的尷尬樣還真不想被任何人看到。

兩名步兵也尾隨狄可身後，誠懇地向夏思思道謝。二人根本就看不出這隻妖獸的偽裝，少女這次出手不單替要塞消滅了暗藏的危險，還救了他們的性命。

想到自己剛才全無所覺地站在妖獸身旁，生命懸於一線，他們不禁驚出一身冷汗，同時更對救命恩人夏思思感激不已。

打發掉熱情的步兵後，狄可看向夏思思的眼神已與先前完全不同了。不同於先前單純對「勇者」這個身分的敬重，此刻男子更多的是注視著「夏思思」本身。雖然少女所展現的東西並不多，可光是擁有元素精靈這點，已足以令狄可對她重新評估了。

爲免在戰場上引起混亂，狄可並沒有把她的勇者身分公開。這倒是讓夏思思心裡暗喜，雖說要來的終究還是會來，但多一點耳根清靜的時間還是好的。

「剛才看思思小姐散發出來的水霧，這是種偵察的魔法嗎？」別看狄可問得隨意，其實身爲奈利亞要塞的將領，他可是對夏思思這種偵察的能力在意得不得了。

要知道，妖獸群的智商不高，雖然沒有聖光守護的普通軍人斬殺妖獸比較吃力，但以強悍實力聞名的西方軍有著不輸給對方的自信。不過即使是低階魔族也有著棘手的先天能力，眞正令他們損兵折將的往往並不是明刀明槍的正面攻擊，而是防不勝防的偷襲。就像這次，狄可一想到被妖獸順利混進軍營中的後果，便感到一陣悚然。

夏思思疑惑地側了側頭，道：「只是在四周散布水霧用以偵察而已，稍微懂一點魔法的水系法師也應該懂吧？」

「就這樣？」

「就這樣。」想了想，夏思思補充道：「當然把精神力依附在霧氣上是需要一點技巧，但基本上這只是個取巧的小魔法。我還以爲這很普遍，大家都會呢。」

想當初伊修卡教導她魔法的時候，夏思思就專挑一些取巧又不須什麼精神力，但實用度卻很高的魔法。後來她還覺得不夠，融會貫通後更自創不少連低階魔法也稱不上的小魔法，有些甚至只是發明出來讓她的生活更便利而已。

那時候卡斯帕還取笑她懶，卻被少女理直氣壯地回擊說這才是聰明人的做法，只懂得把魔法當炮彈互轟的人才是腦殘耶！

夏思思的話令狄可驚訝得瞪大雙眼，對男子來說，能探測到隱身妖獸的力量委實不可思議，他本以爲這種魔法應該深不可測。可是聽夏思思的意思，就只是個普通魔法學徒就能使出的小魔法？

可是很快地，狄可便反應過來了。雖然他並不懂魔法，但也猜到相較於水柱或是水球等水系魔法，單純的水霧確實用不著多少魔力。只是夏思思的魔法實在違背了人們的思維，有哪個魔法師不是以攻擊力的強弱來挑選所學習的魔法？又有誰會像她這般「自甘墮落」地去研究既沒有殺傷力、又不華麗的水霧？

這根本就推翻了「威力強大就是好」的概念，只怕軍隊中的魔法師想也沒想過簡簡單單的水霧只要附上精神力，便能夠令隱身的魔族無所遁形吧！

聽到狄可的解釋，夏思思哭笑不得地搖搖頭，並毫不客氣地批評道：「眞是蠢斃了！沒有所謂的強與弱，只有適不適合。任憑他們修煉得多強，招式有多華麗，被『壁魔』隱身伏擊的話還不是照樣完蛋？」

「沒有所謂的強與弱，只有適不適合？」狄可喃喃地複述少女的話，竟發現這句話並不光只適用於魔法上，還能引申至其他層面。

說者無心，聽者有意。這領悟讓狄可從中獲益良多，開始注意到該如何靈活運用自己所有力量。對於他往後戰爭中的攻擊技巧，以及行軍布陣影響深遠。

狄可向夏思思深深行了一禮，這個往後繼承父親位置，並把西方軍引領至新境界的男子，從這刻起把夏思思視爲良師敬重，不敢再有絲毫看輕怠慢。

狄可把這個特異的偵測魔法記在心裡，並暗下決心要是那些高傲的魔法師不屑於這種取巧的小魔法，他使用權力也要逼迫他們學懂！

多了解一分敵情，在戰場上便多一分活下來的機會，這點對出身於軍事世家的狄可來說，可是深有體會。

不同於重裝騎兵們的敬佩神情，埃德加他們卻是以一臉見鬼的奇妙表情注視著小露一手的勇者。

其實這也不能怪他們那麼驚訝，仔細一想，夏思思是個如此主動的人嗎？

絕不！

雖說夏思思即使再懶，也不會任由那兩名步兵死去。然而救人的方法多得是，甚至她不出手，素有人形雷達之稱的奈伊（雖然至今他們仍搞不懂，所謂的「雷達」到底是什麼），也自會解決這潛伏的危險。

因此，夏思思這次竟如此熱心，做出「見義勇爲」這種符合她勇者身分的舉動，直把埃德加一行人弄得膽戰心驚，皆猜測到底有什麼事令少女如此想不開……

自己不過是舉手之勞，這群傢伙竟表現得這麼震驚，夏思思不禁感到啼笑皆非地苦笑道：「眞過分，我好歹也是勇者啊！偶爾做做分內事，須要如此驚訝嗎？」

聽到夏思思的抱怨，所有同伴很不給少女面子地一致點頭。

忽然艾維斯像是想到了什麼，機敏的雙眸閃現睿智的光芒。只見青年搖了搖頭，哭笑不得地嘆了口氣，道：「唉！我眞是佩服思思妳的取巧心思，以及能少出一分力，絕不多出一分力的執著。」

「什麼意思？」埃德加皺起眉，似乎對於只有艾維斯明瞭少女眞正心意這點很不是滋味。

艾維斯不禁對聖騎士長的反應暗暗好笑。心想，即使是他這個狡猾的狐狸，也是剛剛才察覺出夏思思那繞了不知道多少個彎的想法。少女如此複雜狡黠的心思，又怎會是他們這些正直的聖騎士，以及單純的魔族可以推測出來的？

雖然很想賣賣關子，但若因埃德加他們的追問而引起重裝騎兵的注意，只怕夏思思第一個便饒不了他。想到少女那不亞於自己的手段，以及一身強大的魔力，艾維斯立即打了個冷顫。

太可怕了！惹火她的話即使不死也絕對會脫層皮！想到這兒，艾維斯也就乖乖地解說起來，以免樂極生悲。

刻意壓低音量，艾維斯低聲笑道：「我猜想這個使用水霧的偵察方法雖然確實不需強大魔力，但其中所涉及的技巧並不簡單，對吧？」

夏思思回以青年一個甜美的笑容，以及「算你聰明」的眼神。

艾維斯並沒有把話說白，不過經他提點後埃德加也明白了。奈伊與凱文卻仍是一臉反應不過來的神情，茫然地注視著艾維斯。

環視一圈，確定四周沒有人注意到他們的竊竊私語，青年這才接著解釋：「平常的話倒沒什麼，現在臨近闇之神甦醒時刻，西方的狀態只會愈發緊張混亂。身為勇者的思思此刻出現在西方要塞，不正是飛蛾撲火？想來那諾耳曼將軍必定不會放過這尋求勇者協助的大好機會，即使與思思初次見面的將軍大人並不信任她的實力，可是光憑勇者的身分，只要能說服她留守要塞坐鎮，便足以讓西方軍士氣大增了。那位領軍多年的老將軍又怎會放過這個提高士氣的大好機會？」

看到凱文與奈伊恍然大悟的神情，艾維斯續道：「思思想到這一點，便趁著這次出手的機會告訴狄可水霧魔法的好處，如此一來，向諾耳曼將軍商借戰馬的時候，她便有交涉的籌碼。畢竟這個小魔法的技巧還掌握在思思手上呢！對於這種偵察能力，諾耳曼將軍絕對是不會放過的，思思教曉他們，也算是還了借馬的人情。何況你們先前曾提及諾耳曼將軍是個很驕傲的軍人，獲得好處以後，以他的傲氣也不會再把主意落在思思的身上了吧？」

聽到艾維斯一連串的解釋，兩人這才明白夏思思難得積極出手的背後竟還藏有如此複雜的心思。最可怕的是，西方軍的狀況，夏思思也是在遇上狄可後才知悉的，而「壁魔」的存在更是一個意外。

在這麼短的時間內，夏思思竟能利用如此迂迴曲折的方法，把突然出現的危機轉化成利於自己的局面，這是多麼敏捷又機伶的心思？

不光能堵住老將軍的口，讓對方沒機會再提出其他要求，甚至還讓西方軍反過來感激她，這手段真是太可怕了。

看看這些重裝騎兵對夏思思滿臉的感激與敬佩之情，簡直就像是被人騙去賣掉後還完全不知道發生什麼事地替元凶數金幣，讓埃德加他們感到無奈又好笑。

ch.2
我們也來偷襲吧！

除了狄可外，隨行的重裝騎兵只陪同勇者一行至進入要塞為止。此時戰爭已接近尾聲，外面剩下零星戰火，他們整齊劃一地向眾人行了軍禮後，便繼續投進戰鬥中。

騎兵團的領導者狄可，陪同勇者等人進入要塞中，把坐騎交由同伴安置後，男子首次在夏思思他們面前脫下銀黑色的頭盔。隨即，一張英氣而年輕的臉龐展現在眾人面前。

深棕色的短髮給人很清爽的感覺，堅韌的眼神配以挺拔的身軀，完全就是理想中軍人應有的樣子。

二十七、八左右的年紀，比眾人想像的還要年輕。只見狄可俐落地轉身，向眾人做出一個「請」的手勢，道：「父親此刻大概正在城牆上指揮著戰後處理，請走這邊。」說罷，便率先走向前往城牆的石梯。

當夏思思登上鋼鐵的銀黑色圍牆時，立即被眼前景象震撼住了。

雖然少女對於「戰爭」不是沒有任何基本概念，可這終究只是從書本及電影等媒體所吸收得來的知識。此刻居高臨下地俯視戰場，黑壓壓的人影就像螞蟻群般又密又小。由於戰爭已進入尾聲，場內只剩餘一些零星的小戰區，大部分士兵不是整編隊伍後歸隊，便是在收拾狼藉的戰場。

憑著四散的水霧，夏思思可以清楚感知到西方軍至少投入了六萬兵力來對抗這次的大型襲擊。雖然這只是西方軍總數三十多萬兵力的五分之一，但相較於此次來襲妖獸的規模，卻已是穩固且萬無一失的數量。從中可看出諾耳曼將軍為人謹慎，並沒有因先前累積的勝仗而驕傲自滿，這讓夏思思對這兒的最高指揮官留下了一個好印象。

然而，敬佩對方的能力是一回事，與老將軍的個性合不合得來卻又是另一回事。尤其當夏思思無意間問起，「爲什麼像諾耳曼將軍如此厲害的沙場老將，至今仍是將軍頭銜，即使做不成一人之下萬人之上的元帥，也至少該混到一個不用上前線的職位」時，狄可竟無奈地回答：「因爲他老爹固執地認爲軍人就應該在戰場上作戰，終身爲國，頭銜這些東西只是身外物，因而一直不肯升官，並堅持駐守前線。」

面對老將軍如此熱血又愛國的古板論調，這位既不熱血又不愛國的勇者大人，便立即把諾耳曼將軍列於「謝絕往來」的名單上了。

同樣地，你看不慣我的精忠報國，我也看不慣妳的得過且過。對於眼前這名自稱爲「勇者」卻全無幹勁可言，把所有交涉工作都推給聖騎士長處理的夏思思，諾耳曼除了對勇者的眞面目感到不可思議外，更多的是輕蔑與失望。

雖然兒子對夏思思的敬畏態度令他留上了心，然而老將軍卻找不出夏思思有任何値得狄可如此佩服的地方，最終便把兒子的反應歸類爲年輕人對「勇者」這個身分的憧憬上。

同時也如同夏思思與艾維斯所預料般，雖然諾耳曼與她可謂兩看相厭，巴不得對方離得遠遠的，但老將軍很清楚「勇者」這個身分不光是所有年輕軍人的偶像，更是力量的代名詞。要是夏思思願意留下來作爲軍隊的精神領袖，整個西方軍的士氣必定大增。

因此諾耳曼即使再看不起夏思思的態度，還是不情不願地提出由勇者主導一場激勵人心的演講，以及短暫停留在奈利亞要塞一個月的要求，作爲商借戰馬的條件。

結果夏思思只是眉頭一揚，艾維斯便自動地換下了埃德加，與老將軍交涉起來，身爲主角的勇者大人反倒悠閒地閃邊去納涼，這種對事情不管不顧的態度，令老將軍甚至將軍身邊的將領們也看得皺起了眉。

這些沙場老將的反感，精明如夏思思又怎會察覺不出來？對眾人的眼神視若無睹，少女對自己的賴皮舉動倒是心安理得得很。

反正勇者是團隊中的「靈魂人物」嘛！既然是「靈魂人物」，那麼她只要像幽靈般到處飄來盪去就好了，最好大家都把她視爲透明人，便皆大歡喜。

何況夏思思本就不是個在意他人想法、我行我素的人，諾耳曼有諾耳曼的觀點，而她也有她自己的想法。無論眼前這些軍人對她這個勇者有多不滿、多失望，夏思思也不會因爲別人的期望而特意改變自己的處事方針。

因此，就在夏思思故意不搭理對方的狀況下，除了嬌弱無用、愛國心不足等主觀感覺外，少女在不知不覺間又多了一條「傲慢無禮」的罪名。

當艾維斯以偵測的水霧魔法技巧作誘餌時，諾耳曼便察覺出夏思思根本沒有絲毫停留在要塞的意願，偏偏這個魔法技巧老將軍又無法割捨。無論於公於私，他都很不願意被少女牽著鼻子走，但最終也只能選擇妥協了。

不過，當夏思思興致勃勃地以臨時導師身分，來指導這支隸屬西方軍的法師團時，才發現原先認定輕鬆的工作，竟是吃力不討好的苦差！

少女本以爲西方軍要求她教導的十名魔法師，皆是法師團數一數二的高手，只要解釋一下水霧魔法的技巧與心得，到時候先任由他們自我鑽研，有什麼不明白的地方再詢問她就好了。

可是她卻忽略了一點，雖說這十名法師團菁英的強大實力無可置疑，但長期與魔族作戰，他們早就習慣在面對蜂擁而上的敵人時，利用最簡單又快捷的方法——把火球啊、水球什麼的往敵方主力部隊轟去！

因此，這些菁英的專長幾乎偏向大範圍的攻擊魔法，要使出天崩地裂、轟轟烈烈的大招式，他們絕不會皺一條眉毛，但要使用一些精細的技巧嘛……他們也許連個魔法學徒也不如。

何況這些菁英們本就對這個水霧魔法先存了一份輕蔑，學習時自然抱持得過且過的心態，毫不投入。偏偏夏思思又絕不是個會盡心盡力教學的老師，在你不情我不願的狀況下，拖拉了大半天也不見眾人獲得什麼成績，少女開始不耐煩起來。

「不就是把感知依附在水霧而已嗎？你們這些也好意思稱為水霧？根本就只是水珠吧？如此明顯的水珠會洩露你們偵察的舉動！還有我討厭浪費，別在我面前繼續浪費無謂的魔力了！」終於，在錯過了午睡時光，接著再錯過下午茶時段以後，夏思思爆發了。

被勇者的怒吼聲轟得體無完膚的學生們，除了感慨他們這些堪稱國內第一流的魔法師，竟淪落被一名少女指手畫腳外，更因為面子問題（拜託！愈來愈多人過來圍觀了……），終於在多重壓力下開始進步。

當這些法師團菁英收起了輕視的心，以嚴謹認真的態度學習這個小魔法的時候，竟驚訝地發現水霧魔法雖然是很取巧的法術，但所要求的技巧卻異常深奧，絕不如外表簡單。

「聽著，你們要是連水霧也形成不了，我再教下去也沒有意義。現在你們的狀況就像明明只想喝一小杯水，卻用大臉盆裝一樣。浪費！沒意義！華而不實！」

夏思思每罵一句，這些遠比她高大的男子便立即矮了一截。每個人都垂頭喪氣的，哪還有半分先前意氣風發的樣子？

最驚訝的人莫過於諾耳曼，身爲西方要塞的最高領導者，他當然很清楚魔法師的高傲，要是沒有讓他們心服口服的實力，即使是國王親臨也沒用。想不到只是大半天的時間，夏思思便能把他們吃得死死的，這倒是讓存心過來看好戲的老將感到很意外。

看到這些法師團的菁英在眾目睽睽下被夏思思罵得抬不起頭，實在不得不說一句——這位勇者大人還眞是猛耶！

至於造成這個局面的夏思思正邊罵邊思考，在重重打擊過對方後，也是時候激勵一下對方的士氣了，畢竟這十人的表現關係著她什麼時候能夠功成身退啊！

看了看垂頭喪氣的法師團菁英以及圍過來看熱鬧的人們，夏思思忽然攤開了右手，露出了白皙的掌心，道：「你們應該知道，身爲勇者的我來自於其他世界。在我成長的異世界中，眾人皆流傳著『掌紋』之說，認爲憑著掌心的紋路便能窺視到自身的命運。」

雖然不明白夏思思為什麼罵著罵著突然轉換了話題，然而眾人很快便對這個異世界的風俗產生興趣，皆聽得津津有味。

指了指手心，夏思思仔細講解：「這是事業線、這是姻緣線、這是生命線……」

隨著少女的話，四周的人皆不約而同地察看起自己的掌心，一時間都沉醉在這個名為「掌紋」的有趣理論中。

緩緩把手掌握成拳頭，夏思思以考察學生們的語氣笑著詢問：「那麼，掌紋都是存在什麼地方呢？」

眾人愣了愣，心想這個問題也太簡單了，答案顯而易見吧？立即各人皆異口同聲地回答：「在掌心中。」

微微一笑，少女再問：「那命運呢？」

聽到夏思思的詢問，一些思路敏捷的人已明白了她的用心，很快地，其他人也醒悟出對方話裡的意思。

只見少女的眼神盈滿了溫暖的笑意，並閃爍著令人移不開視線的睿智，道：

「誠如大家所見，命運，也是掌握在各位的手裡。當眼前堵塞著高高的牆壁時，你們想要直接打破它，又或是選擇繞過它走遠路，還是故步自封地走回頭路？這些全都取決於你們自己。」

微微一笑，相較於臉上柔和的神情，夏思思所說的內容卻是不留餘地的決絕。

「一星期，我給你們一星期的時間，一星期後我便會再次教導各位把感知依附在水霧上的技巧。到時候你們至少要把那些慘不忍睹的水珠成功幻化成水霧才行，連這麼基本的事也做不到的話，繼續下去也只是浪費大家的時間而已，一星期後仍辦不到這點的人，就不用過來找我了。」

環視了一眼因她的話而重新振作的魔法師，夏思思伸了個大大的懶腰，說道：

「希望一星期後，我還能夠看到你們十個人全數站在這裡！現在，解散！」

憑著難得出現的拚勁——被教了大半天也學不懂的學生刺激出來的，夏思思一時衝動做出等於是逗留此地一星期的承諾以後，立即後悔了。

旁觀了夏思思的魔法教學後，諾耳曼更加確定勇者對西方軍的影響力。既然對方連那些高傲無比的魔法師也能搞定，那麼素來不缺紀律、聽話得不得了的士兵們，就更不在話下了吧？

最令老將軍另眼相看的，是少女單憑幾句話便提起法師們低落的士氣，這絕對是非常難得的天賦。畢竟領袖魅力這種東西是天生的，可說是可遇不可求的珍貴才能。這令老將軍不禁產生了其他小心思，思考著有沒有辦法讓夏思思也教教其他軍團的士兵？

其實諾耳曼也太看得起夏思思了。雖然她的確是難得一見的天才沒錯，可是對於一個從沒學過行軍布陣、連戰場也沒上過的少女來說，又怎能寄望她能規劃出適合士兵的訓練內容呢？

結果夏思思不勝老將軍的煩擾，便敷衍著答應了對方充當一星期教官的要求，然而老將軍前腳剛走，她後腳便把這燙手山芋丟給埃德加等人，自己繼續過著那吃飽睡、睡飽再吃的悠閒日子。

至於勇者大人向埃德加他們所下的命令也很簡單易懂，就是要狠狠地、用力地去操練他們！

於是四人商討過後，便各自想出了稀奇古怪的訓練內容，忠實地實行了少女的要求。

誰都看得出來，他們玩得挺高興的。

現在只要從圍牆上往外看，便能看到荒漠中一片熱鬧卻又詭異的光景。

例如重裝騎兵穿著沉重的裝甲青蛙跳（負重訓練）；輕騎兵做著奇異的瑜珈動作（伸展訓練）；重甲兵甚至在夏思思以及法師團眾人的友情贊助下，被困在充滿水壓的巨型水球中練習蛙式（肺活量訓練）！

因此當諾耳曼看到步兵們圍繞整個奈利亞要塞跑了三圈後，忽然拿出木劍邊跑邊互相攻擊，其凶狠程度就像身邊的同僚正是自己的殺父仇人般毫不留情時，他已經麻木得完全不感到驚訝了……

而一切的罪魁禍首，這群魔鬼教練的終極首領夏思思，則是把士兵們的慘況當作午間劇場及馬戲表演來觀看，每天必定會看見勇者大人邊啃著零食，邊看得津津有味。

另一邊，受到夏思思一番激勵後，十名法師團的菁英也沒有讓少女失望。一星期過後，所有人都來了，一個也沒少！

這結果反倒令夏思思有點意外。須知她這種千變萬化變換著水元素的能力，有一部分是歸功於少女那足以控制大量水精靈的精神力，以及異界人不受元素限制的體質。

更何況夏思思頭髮上更寄宿著水系的元素精靈，因此水魔法的各種形態轉換，對少女來說就像呼吸般簡單又自然。

除了無色無形的風之外，四大元素中最難捉摸的就數變幻莫測的水元素了。再加上這些精細動作本就不是這些魔法菁英所擅長，想不到他們竟眞的只用一星期的時間便掌握到把水珠化成霧的技巧。這令夏思思除了震驚於他們的卓越天賦外，更被眾人的努力感動。

感受到對方的努力，一向奉行得過且過的夏思思，也不好意思教導得太草率，只好把雲遊四海的思緒收回，乖乖認眞教學。

正所謂萬事起頭難，有了把水珠化成肉眼幾乎看不見的細微水霧的經驗，往後做起這種需要技巧的細膩工作也就容易多了。雖然由說明至理解也花費了大半天的時間，但比起一星期前的進度，眾人此刻的表現已令夏思思感到很滿意。

直至所有人都能把技巧靈活運用後，夏思思這才允許他們嘗試把探知的範圍擴大至極限。

於是站上了圍牆上的魔法師，包括夏思思在內十一人，同時使出了附上感知的水霧魔法。

頓時，一大片荒漠立即出現了壯觀的奇異現象，乾燥的環境竟瞬間充斥著濃郁的水氣，變得霧濛濛的。不光是旁觀這次教學成果的將領們，就連荒漠中那些被艾維斯等人操練得半死的士兵，也不禁驚奇地東張西望。然而，這數秒分神的結果，就是換來眾魔鬼教官更為恐怖的特訓內容……

十名菁英魔法師全都沉醉在從水霧中獲得大量資訊的奇妙體驗裡，他們彷彿化成了四周的空氣，包圍於「體內」的人與物所有動靜全在掌握中，對於初次全力發動偵察魔法的他們來說，實在是既新奇又有趣的體驗。

同時所有人皆慶幸自己沒有放棄此次修練，如此令人驚喜的美妙體驗不要說是一星期了，即使要他們苦修三個月，甚至是三年也甘之如飴。

以示範者的身分最先把水霧發放出來的夏思思，看到這些學生們的成果後便滿意地點了點頭。即使是水元素覆蓋範圍最少、擅長火系魔法的魔法師，水霧竟也能延伸至荒漠的邊緣，不愧爲法師團的菁英，魔力果然不容小覷。

忽然，感知著四周狀況的眾人眉頭一緊，神情頓時變得凝重。

「唉！早知道會這樣，當時應該把這個魔法的技巧交代下來便立即離開的。現在的狀況，眞的是想走也走不了。」在夏思思帶點自嘲的喃喃自語下，身旁的魔法師已有人往天空放出一圈燦爛的煙火。

橙紅色的火光幻化成一個被六芒星所包裹著的雄獅形狀，這是法師團的徽章，同時雄獅咆哮的動作正是警告同伴遇上敵襲的烽火！

看到這個艷麗的烽火，所有在荒漠進行訓練的人員都立即退回要塞。以諾耳曼將軍爲首的軍官聚集在要塞的圍牆上，遠遠望去卻看不見敵人的蹤影，於是便轉而向放出烽火的法師團提出詢問。

法師團的團長、同時也是夏思思其中一名學生的卡洛說道：「我們從水霧的探知訓練中，意外得知萬多頭妖獸正潛伏在荒漠的地底伺機而動；魔湖的湖底更集結一大群妖獸。可惜水霧受到同為水元素的湖水干擾，我們探不出敵方的種類及數量。」

「八千。大部分是一些外型像巨型蟾蜍的妖獸，其中三分之一是先前看過的那種變色蜥蜴。」一旁的夏思思淡淡補充。

少女的話立即引來法師們的敬畏目光。與自身用魔力凝聚出來的水霧不同，把意念附加在湖水裡絕對比水霧難上千倍萬倍，這名少女到底擁有多驚世駭俗的才能啊!?就連不懂魔法的軍官與及諾耳曼將軍，望向夏思思的眼神也益發不同起來。

他們卻不知道夏思思之所以能輕易把意念附加在湖水裡，除了本身的天賦外，最主要的原因，是因為她擁有別人所沒有的絕大優勢——水系的元素精靈！

當然夏思思不會自掀底牌的，面對這些震撼敬畏的神情，少女回以一個頗具深意的笑容，倒有幾分世外高人的出塵感覺，令眾人更加覺得這個外表纖弱的勇者深不可測。

「是敵襲嗎？」夏思思裝高深的同時，埃德加等人急忙趕至，收起笑容的艾維斯一臉凝重，可是閃爍著不明光芒的眼眸卻給人一種不懷好意、甚至有點期待的感覺。

再看看另外三人，竟也是同樣的眼神，對眾人的惡劣想法瞭然於心的夏思思不禁失笑。

存有大半看好戲的心態，埃德加他們眞的滿想看看在妖獸的圍攻突擊下，西方軍能發揮至什麼程度。

最重要的是，那些被他們操練了一星期的士兵，能不能把這星期的訓練所得展現出來？

彼此交換了心照不宣的笑容後，夏思思頷首回答：「是的，只是那些妖獸皆潛伏於地下及湖底，還未有進一步動作。」

「那是因爲牠們在等待晚上進行突襲。」熟知妖獸攻擊模式的重騎兵團團長狄可，以冷冽的語調解釋道：「壁魔、蛙妖以及鱗尾都是畏光的妖獸，看狀況牠們打算藏匿在暗處伺機而動。」

老將軍重重地哼了聲，道：「這些都是隱匿性高的魔族，每次被牠們突襲時都被攻個措手不及，幸好這次能事先察覺出牠們的存在。」

西方是封印闇之神的地方，由於封印本身並不完美，以致一絲絲闇元素從封印之地洩露出來。於是西方邊境便首當其衝受到了闇元素的洗禮，這也是會有大量低階妖獸在邊界誕生的原因。

長期受到闇元素影響，這裡寸草不生形成了一片荒地，接近封印之地的區域更有著奇特的陰冷氣息，即使烈日當空，也給人天色陰暗的錯覺。

同時受到闇元素影響的還有位處於要塞旁的湖泊，原本棲息在湖裡的生物因過於濃郁的闇元素而死絕，令這座美麗的湖泊有了「魔湖」之名。傳說人類只要喝上一口魔湖的湖水，若受得了闇元素襲體的痛苦，僥倖不死，便能轉化為魔族，因此軍隊每每都須要祭司把湖水淨化後才可飲用。

除了魔族外，沒有任何生物能夠在魔湖裡長久待著。傳說魔湖擁有聚集黑暗元素的神奇力量，這些壁魔與蛙妖也不知道在湖底藏匿了多久，實力必定不弱。

聽過狄可對魔湖的描述，夏思思歪了歪頭，一臉疑惑，道：「竟然還懂得躲藏起來儲存實力伺機而動啊……這麼說的話，這些妖獸很聰明嗎？牠們該不會知道我這個勇者在這兒，所以特意來襲擊要塞吧？」記得埃德加他們曾說過除了擁有人形的高階魔族，低階的妖獸智商並不高，也沒有自我意識，一切都只能依照本能活動而已啊！

「不是的，思思。」奈伊微微一笑，道：「同樣身爲魔族，我可以確定妖獸的行動只是單純受到覓食本能所驅使，並不存有任何戰略之類的複雜思維。」

「也就是說這次的突襲只是巧合囉？」

「是的。」

從兩人的對話中聽出奈伊的魔族身分，在場西方軍的眼神瞬間變得銳利起來，並以一種混雜了敵意、探究、警戒以及好奇的複雜目光，打量著這名擁有幽暗黑髮黑瞳、彷如黑夜化身般的俊美男子。

雖然西方軍全都對奈伊的存在顯露出不同程度的抗拒與敵意，可是卻沒有任何人對青年拔劍相向。這全都歸功於夏思思在妖精原野時受到幻象所見未來的刺激，於是提出要把奈伊的事情公諸於世。

這個消息以驚人的速度廣泛流傳，很快地，所有人都知道勇者一行人之中有個高階魔族，瞬間便在民間引起了激烈的討論。雖然大部分都是負面的言論，但至少已杜絕了少女在幻象中所看到的未來。

至於民眾最後能否接受奈伊的存在，這就只能留待時間來驗證了。

在夏思思有心宣揚下，西方軍早就知道奈伊的存在，然而在勇者一行人進入要塞時，他們卻絲毫沒有探究及提問的意思。

雖然奈伊的消息是夏思思經由教廷以非常正式的形式做出公告，不過「勇者與魔族成為同伴」這消息實在太匪夷所思，西方軍對此一直抱持著半信半疑的態度。

直至此刻確定了奈伊的身分，眾人這才驚覺傳聞中與勇者同行的魔族竟是如此地人性化，看起來簡直與普通人類沒有任何分別！

由於早就有了心理準備，再加上眾人與奈伊早已在要塞中和平相處了一段日子，雖然警戒及些微的敵意仍是不免，但一眾將領倒是沒有表現太激烈的情緒，這已令夏思思感到很滿意了。畢竟「信任」這種東西若是一朝一夕便能獲得，那就不顯得珍貴了。

也許有人會認為夏思思很自私，既然了解到高階魔族都是有思想、有感情的生物，那麼不是應該把這個想法灌輸給所有人嗎？可夏思思所做的，卻只是保護奈伊一人而已。

然而站在夏思思的立場，其他魔族怎樣關她什麼事？她與這些素未謀面的魔族沒什麼交情，又不欠他們什麼，爲什麼要勞心勞力去幫助他們？她從來就不想當偉人，蹚上勇者這渾水又不是她願意的，說起來她還是莫名其妙被拉進異世界的受害者呢！

再加上夏思思總認爲傳聞不可信，一切事情只有眼見爲實。她認識奈伊，知道這個人的心性所以願意保護他。然而她與其他高階魔族又不熟，又有什麼立場去評論是非曲直？

只要保護好自己、保護好身邊的人就可以了，夏思思從不覺得自己這種想法有什麼不好。

ch.3

留信出走

看將領們瞄了奈伊一眼後便再也沒有什麼動作，夏思思不打算把話題偏離至奈伊身上，乾脆假裝沒看見西方軍那瞬間變得銳利無比的眼神，更裝愣扮傻地向一眾軍人露出了一個很甜、很無辜的清麗笑容。即使少女只穿著尋常冒險者所穿的樸素衣物，臉上更架著一副可笑的黑框眼鏡，但這突如其來的笑容還是讓西方軍眼前一亮，愣了愣才回過神來。

可是熟知夏思思的奈伊等人卻是心頭怦怦亂跳，皆膽戰心驚地等待少女接下來要說的話，因爲每次她露出這種笑容時，便是又想到一些天馬行空鬼主意的時候！

果然，下一秒便見少女以理所當然的語氣說道：「既然那些妖獸想要使陰的，那我們就來陰的好好回報過去吧！」

「來陰的？」這個世界與地球不同，將領早就習慣了作戰時正面迎敵的方式，畢竟以妖獸的智商也使不出像樣的戰略。夏思思的話對於把軍人的榮耀與自尊看得比性命還重的諾耳曼來說，無疑是玷污了神聖的戰場，只見老將軍聞言立即皺起眉，臉上的神情說有多難看便有多難看。

「將軍不用想得太多，我只是想盡量善用掌握到的情報，發揮出己方最大優勢而已。在我的家鄉有句話——兵不厭詐。戰場上雙方都是生死相搏，戰術的運用哪有什麼卑鄙不卑鄙的？能減少士兵的傷亡不是很好嗎？」看到將軍不認同的神情，夏思思立即賣力煽動著。

被少女一番將信將疑的話擾亂，諾耳曼總覺得對方的話不對，卻又提不出反駁論點，結果到最後反倒被少女唬得虛心求教起來，道：「那依思思大人的想法，我們該怎麼做？」

行軍布陣諾耳曼很在行，無論是指揮軍隊殺敵、追擊還是圍剿，他都信心滿滿，可是對於使陰、偷襲這些手段他真的不懂啊！

於是，西方軍在夏思思的帶領下，開始為了接下來那卑鄙無恥的偷襲……更正……善用優勢的戰略，忙碌地展開戰前操練。

一直以來光明正大迎擊敵襲的西方軍，在聽到夏思思的戰略後，難免有種心虛的感覺。可是從軍的大部分都是血氣方剛的年輕人，在心虛過後便開始期待起這次的反擊。因此當夏思思把反偷襲的方案說出以後，立即獲得大多數士兵的支持。

反正如勇者大人所說，對方藏在湖底偷襲我們，我們就反過來偷襲牠！看看誰怕誰！

諾耳曼將軍感受到雖然只有短短一星期，部下們卻已被勇者一行人帶壞了，只能苦笑在心裡，無語問蒼天。

其實也不能怪士兵如此支持夏思思的提案，這段時間，他們早就被妖獸那些或明或暗的攻擊弄得一肚子火沒處發洩。現在敵人自動送上門，而少女的方案又充分利用了他們這段時間的特訓成果。

在埃德加他們的變態訓練下，士兵們都感覺到自己的耐力、靈活度，以及攻擊力明顯進步。雖然誰都看得出這幾名臨時軍官根本就是玩上了癮，每天變著法子來折磨他們，但無可否認，這些訓練全都是爲眾人所屬兵種量身訂造的，這也是爲什麼士兵們會乖乖去完成這些奇怪訓練的原因。

難得有實戰試驗的機會，怎能不教他們心癢難耐、紛紛支持夏思思的提案呢？

□

在各人皆忙碌地進行著戰前準備時，一個修長挺拔的身影出現於要塞那高高的圍牆之上。

一頭漆黑的短髮隨風飛揚，於夕陽下染上了亮麗的橘紅。與髮色相同的夜色雙眸像是在尋找什麼似地四處張望，最後只見黑曜石般的眸子閃現出欣喜神色，隨即青年便輕巧一躍，從高高的鋼鐵圍牆上往下跳去。

引力彷彿不存在般，只見他一雙修長而有力的腿輕輕巧巧地著地。視線便迎上坐於地上呆呆回頭望向自己的夏思思，男子嘴角掠過一絲笑意，便以再自然不過的態度坐在少女身旁。

「奈伊？你怎麼過來了？」被從天而降的同伴嚇了一跳，夏思思有點忿然地嘟了嘟嘴，側著頭凝望著坐在身旁的魔族。

本以爲奈伊會像往常般說出一些奇怪又沒營養的話，然而魔族這次卻難得沉默，以一雙深邃的眸子凝視少女良久，奈伊不答反問：「思思，妳在策劃什麼事情嗎？」

訝異於對方的敏銳，夏思思眼鏡後的眸子猛然瞪大，可是在思及魔族那奇異的感應力後，也就釋然了。既然被看穿，她也就大方承認。只見少女俏皮地眨了眨眼，道：「很明顯嗎？」

奈伊並不是眞的想刺探對方，只是單純出於對少女的關心。若夏思思否認的話，他便會配合著裝作沒這一回事。不過，少女卻是一口承認下來，沒有隱瞞下去的意思。

夏思思這種充滿親暱與信任的表現，感動得奈伊那難得穩重認眞的表情瞬間破功，孩子氣地撲向眼前的少女，道：「思思，我果然最喜歡妳了！」

迎面遭受突襲的少女一時間反應不過來，立即被奈伊壓在身下。迎上青年那亮晶晶的喜悅眼神，瞬間她彷彿看到了一條黑色狗尾巴在奈伊身後拚命搖擺……

夏思思囧了一下，立即用力甩甩頭。

太可怕了！一瞬間她竟產生了幻覺……誰教奈伊此刻的樣子實在太像把主人撲倒後撒嬌的大型犬呢！

不過犬隻沒有如此俊美的臉龐，也不會體貼地懂得在撲過來之際把手墊在她的後腦保護就是了。

此刻夏思思幾乎可說是整個人被奈伊壓在身下，兩人的距離近得能感受到對方的呼吸。

夏思思倒不怕奈伊狼性大發，諒他沒有調戲婦女的常識也沒有這個膽。而且對方若真的悍不畏死，她也不是好惹的。但礙於這個姿勢實在太容易讓別人誤會（四周巡邏的士兵已不住往他們的方向偷瞄過來……），加上不爽自己的行動受制於人，因此夏思思威風凜凜地喝了聲：「坐好！」

頓時魔族便像是訓練有素的大型犬隻般立即正坐於地，並且很給少女面子地做出洗耳恭聽的表情。

硬是壓下想要命令對方「握手」的衝動，夏思思被男子的動作逗得笑了起來，道：「真了不起，奈伊你是從什麼時候察覺到我的異常？」

對於夏思思的提問，奈伊永遠是乖巧地有問必答：「在埃德加他們提議到西方要塞商借馬匹的時候。」

點了點頭，夏思思收起笑容，嚴肅地說道：「奈伊，我可以告訴你。可是你要先答應知道答案以後不能阻止我，也不能告訴小埃他們，辦得到嗎？」

若夏思思什麼都不肯說，奈伊說不定會擔憂她胡來而把事情告訴埃德加他們。反而如果先獲得奈伊答允保密，以青年的性格，即使不贊成，到最後還是會乖乖守約的。

果然，奈伊一聽到夏思思願意告訴他，便立即信誓旦旦地答允下來，道：「好！我任何人也不會說。」說罷，更認真地伸出了小指，這是夏思思曾告訴他，在那個名叫「地球」的異世界裡，約定時所做的神祕儀式。

奈伊鄭重其事的模樣，令夏思思暗暗好笑，不過表面上仍很凝重地伸出小指與對方勾了勾，隨即，少女便在魔族的耳畔小聲說了一句話。

震驚地睜大雙眼，奈伊急急地說道：「可是、可是……」

說罷，少女狡猾一笑，道：「奈伊你可是答應不會阻止我的。本來我還在苦惱如何找機會脫身，這次妖獸的突襲真是一場及時雨啊！」

見夏思思興高采烈的模樣，奈伊還能說什麼，只能苦笑以對，道：「算了，那也好。若將來有一天我不在的話，思思外出歷練一下也比較容易適應。」

自從經歷了妖精原野的幻覺後，那個虛構的未來便成了奈伊心裡的一根刺。以致不知不覺間，奈伊總是會爲面臨那種境況的夏思思做出打算。不自覺地與少女保持距離，希望兩人分開時對方不會太難過。

夏思思自然不知道魔族複雜的心思，聞言後立即大驚失色，道：「咦！奈伊你想離開嗎!?天啊！你離開以後誰叫我起床？誰替我感應妖獸的存在？我不要有事沒事便放出水霧魔法來消耗魔力，那很累的耶！」

這番話讓旁邊那些在巡邏中有意無意注意著兩人互動的士兵幾乎暈倒，哪有人挽留別人時會這麼說的？

怎料奈伊不但沒有生氣，反而露出驚喜的神情。因爲夏思思的話讓他確定了自己是被需要的，讓他一直懸空的心安穩下來。「思思，只要妳需要我，我便會永遠留在妳身邊。」

得到奈伊的承諾，夏思思滿意地點點頭，隨即信誓旦旦地保證：「放心，我也不會讓大家太擔心的，行動的時候我會先留下一封信給艾維斯。」

「爲什麼不是留給埃德加？」奈伊好奇了。雖然沒有明確的區分，可是這個團體中身爲聖騎士長的埃德加，絕對是當之無愧的第二領導者，這是大家都默認的事情，而埃德加也把這個位置做得很好。

「因爲交給艾維斯的話，這封信保存下來的機率比較大，避免被人看也沒看便撕毀掉啊！」夏思思理直氣壯地說道。

「……」

「好了，時間也差不多。」看到最後一抹光芒消失於西方天際，少女伸了一個大大的懶腰，拍拍身上的灰塵後站起來，道：「是該幹活了。」

夕陽西下，太陽與月亮交替的瞬間，在地球被稱之爲逢魔時刻。

夏思思此刻身處的異世界中，這個時間與地球的傳說竟有著異曲同工之妙。因爲黃昏正是黑暗氣息由弱轉強，同時卻是妖獸的敏銳感知被元素波動擾亂，而防備最弱的時候。

就在藏匿湖中及泥土裡的妖獸正貪婪吸收著緩慢增長的黑暗元素時，大隊人馬悄無聲息地潛入牠們的所在地。

只見一隊又一隊的士兵從四面八方以圍捕隊形步進魔湖中。仔細一看，這些士兵身上皆浮現淡淡藍光，正是軍團中魔法師在夏思思的統籌下，活用魔法技巧所做的帶氧潛水衣。

這些壓縮版的水元素衣物不只能阻擋魔湖湖水對人體的侵害，包裹住士兵全身的水之氣息更令他們完美地與湖水融爲一體，甚至淡藍的水元素在進入魔湖後更能淡化士兵的身影。雖然這層僞裝沒有壁魔的天賦技能來得出色，但也足以蒙蔽這些一心專注在吸收黑暗氣息的妖獸了。

即使潛水衣有眾多好處，然而卻有著一個大大的缺點——濃縮起來的水元素只有一個字可以形容，就是「重」！

這些身上除了薄薄衣物和武器外，便只有這層水元素的士兵，正是在這幾天訓練中被各人以訓練肺活量爲由，困於充滿壓力的水球中練習蛙式的重甲兵！

此刻這些重甲兵沒有穿著幾乎是他們標誌的厚重裝甲，難得衣著輕巧的他們，卻不見輕鬆表情。只因這層水元素外衣實在太重了，若不是他們整整一星期正好在水裡進行練習，習慣了在水壓下活動，只怕即使是體力卓越的他們，也無法在湖底活動自如呢！

看到伏臥於魔湖湖底黑壓壓的一大群妖獸，眾士兵舉起手裡的大劍，毫不猶疑地往沒有防備的妖獸群衝去。

第一輪突擊屠殺了眾多妖獸後，這些群聚的魔族立即全數驚醒，慌亂了好一會兒才激烈地反抗。

這時，眾士兵的包圍陣形便發揮出作用了。

得知這次進攻的水底妖獸都是具有群聚特性的魔族時，與眾人商議過後，夏思思便制定出這種包圍戰術。

在平常，成群結隊的妖獸最是讓人頭痛。然而在這種反過來突襲牠們的時刻，這種群居的天性，反倒成爲可以利用的致命點。

既然是群體行動的妖獸，也就是說潛伏在湖底時會不自覺聚集在一起。少女就是善用這一點——妖獸被包圍在重甲兵的中心，能夠與士兵對戰的，就只有位於群體邊緣的那些魔族而已。

雖然妖獸的數量是突擊隊伍的一倍，然而這種打法下，重甲兵不只不見敗跡，在湖底與數量龐大的妖獸周旋起來竟還稍佔上風。

妖獸終究只依靠本能行動，處於群體中心的妖獸受到血腥味刺激後，騷動不已，不停橫衝直撞地想要衝出重圍，卻反倒把不少外圍正與士兵對戰的同伴推了出去。見此，眾士兵立即忠實地奉行夏思思的格言——從敵人弱點下手不叫卑鄙，叫戰略！——轉而鎖定那些被同伴「推舉」出來的妖獸追著斬，很快地，妖獸群便折損了近一半。

就在重甲兵捨棄慣常的裝備步入湖底突擊的同時，地面正進行著激烈混戰。

依靠法師團的偵測魔法，步兵們準確地把劍插入泥土裡，令大量藏身下方的鱗尾死得不明不白，其他潛伏於地底的妖獸總算醒悟自己的行蹤已被人類掌握，紛紛破土而出。

鱗尾現身的同時，一直在四周戒備的騎兵團立即加入戰場，頓時只見漫天塵土揚起，騎兵們發揮出瑜珈訓練的精髓，竟以不可思議的柔軟度彎腰以利劍刺殺正從泥土爬出的妖獸。有些騎兵甚至在妖獸撲起圍攻後，使出「駭客任務」中那躲避子彈時的經典動作，華麗地避過來自四面八方的攻擊。

也許夏思思怕混戰下容易傷及自己人，又或是少女認爲根本就沒有全員投入戰場的必要，弓箭手及魔法師們皆受命留守於城牆上。寒光閃閃的箭頭以及濃郁得肉眼可見的各元素聚集於上空，正虎視眈眈地注視著地面的戰況。偶爾一、兩隻妖獸突破包圍，悶得發慌的魔法師與弓箭手立即便是一輪利箭、閃電、火球或水彈齊發，把這些漏網之魚轟得連灰也不剩。

至於由狄可率領的重騎兵並沒有加入混戰，而是把鱗尾群往湖邊逼去。回想在一星期前營救勇者一行人的重騎兵，光是近百人的數量就已能從妖獸群中衝出一條道路，可見這些擁有牢不可破防護、強悍無比的重騎兵，絕對是鱗尾的天敵。在他們的衝鋒下，死於鐵蹄的妖獸已不計其數，很快便成功把妖獸逼至魔湖邊緣。

另一方面，位於魔湖的重甲兵到了此時氧氣也快要耗盡。兩道亮麗的閃光適時從湖底一左一右往上空射出，士兵看見後便不再戀戰，特意將包圍網露出一個明顯的缺口。

把聖光當作信號彈發射的人，正是一直處於包圍網後方指揮眾人的埃德加及凱文。由於夏思思認爲魔武雙修的聖騎士一身聖光既能承受水壓又能當信號彈發射，作爲這次行動的現場指揮最爲穩當；再加上她很清楚自己紙上談兵還算可以，但實際指揮還是要交給有作戰經驗的人最理想，因此少女一個命令，便把兩人毫不留情地往戰場裡推了。

看到包圍網終於出現缺口，早就蓄勢待發的妖獸群立即衝至缺口嘗試突圍，拚命想往陸地擁去。至於氧氣幾乎耗盡的重甲兵也在兩名聖騎士的帶領下功成身退，混戰中的步兵亦在看見信號彈的同時，退出至湖邊接應，把渾身濕透、滿臉倦容的重甲兵護送回要塞。

雖然一下子少掉了步兵以及重甲兵的兵力，可是戰況卻沒有傾向妖獸那方，反倒變得對西方軍愈來愈有利。

至於爲什麼呢？只要想像一下，一邊是大蛇，一邊是蜥蜴及蟾蜍，若雙方狹路相逢，會發生什麼事情？

瞬間，妖獸們立即展現出食物鏈的奧妙，早就被西方軍打壓得一肚子火的鱗尾，開始屠殺身邊的壁魔與蛙妖，在魔族四處亂闖的混亂狀況下，騎兵則是以鱗尾作爲主要攻擊目標揮劍擊殺。

結果在歷時不足兩小時的突擊中，西方軍竟以極低死亡率的卓越戰績，把藏匿著的妖獸全數消滅。即使是素有不敗將領之稱的諾耳曼將軍，對於如此輝煌的戰績也不得不驚歎。

要獲勝並不難，最難的是在勝利下能保全部下的性命，盡其所能地爲士兵創造優勢。眾人感到震撼的不光是夏思思的才能及謀略，而是那份體貼下屬的心意啊。

若這場仗交給諾耳曼指揮，所殺的妖獸數量絕不會比夏思思少，可是他卻從未如此仔細地爲下屬考慮過，甚至很多時候就算把步兵當作砲灰也不覺得歉疚。

長年累月的戰爭生涯，已經把這些將領們磨練得鐵石心腸，只能將士兵們視爲單純的兵力數目看待。犧牲己方少數人來換取對方的重大損失，對他們來說並不是什麼大不了的事。然而他們卻忘記，每個數字都代表一條珍貴的生命。

現在看到夏思思指揮士兵的方法，這些將領們不禁感到一陣心虛。也許該是時候讓他們這些早就對部下的死亡感到麻木的將領好好反思一下了。

這是場由夏思思獻計策劃的小戰爭，一直想以勇者名聲激勵士氣的諾耳曼自然不會如此草率了事。在最後一隻妖獸被殺掉後，老將軍並沒有命令士兵清理戰場，反而下達了列隊集合的命令，準備物盡其用地讓勇者大人來場激勵人心的戰後演講。

回想起來，當夏思思把策劃的謀略說出後，便立即把指揮權下放至埃德加等人身上，當時諾耳曼曾表明希望軍隊能獲得勇者的親自指揮，然而夏思思卻以理所當然的語氣說道：「將軍大人，打仗的事情我可不懂啊！紙上談兵獻點計謀還可以，但要我親身上陣指揮，我根本就弄不清楚東南西北，又或是誰與誰是哪個部隊的士兵，光看城牆下那些密密麻麻的人，已足以令我眼花撩亂了。」

於是被夏思思一番話堵得啞口無言的老將軍也只好由她。反正偉大又任性的勇者大人想幹什麼，他這個小小的要塞將軍根本無法干涉。

從城牆上往下望，不難看到士兵們那種總算出了口惡氣的爽快神情。不光是剛作戰回來的士兵，沒份出戰、只能留在要塞裡看戲的人也談論得興高采烈、眉飛色舞，讓諾耳曼汗顏萬分。

難道使陰的，眞的讓這些年輕人那麼高興嗎？

雖然老將軍理解作爲駐守要塞的士兵，從來只有別人突擊他們，鮮少有反過來突襲敵人的機會，但看一眾下屬那種痛快淋漓的樣子，以及這次沒機會上場的士兵那滿是遺憾的表情，老將軍感到太陽穴一陣隱隱作痛。

唉！現在法師團有了偵測的水霧魔法，往後這種需要陰來陰去的狀況絕對只會增多不會減少，看來自己只好努力適應這種新趨勢了。

就在老將軍暗地裡立下重大決心之際，那名負責向夏思思通傳的新兵卻滿臉慌亂地往諾耳曼跑來。感到不祥的預感，老將軍正想制止新兵別亂說話，這年輕人卻在看到站立在城牆上的老將軍後，想也沒想地大呼小叫起來，道：「將軍大人，糟了！發現勇者大人留信出走！」

ch.4
巧遇傭兵團

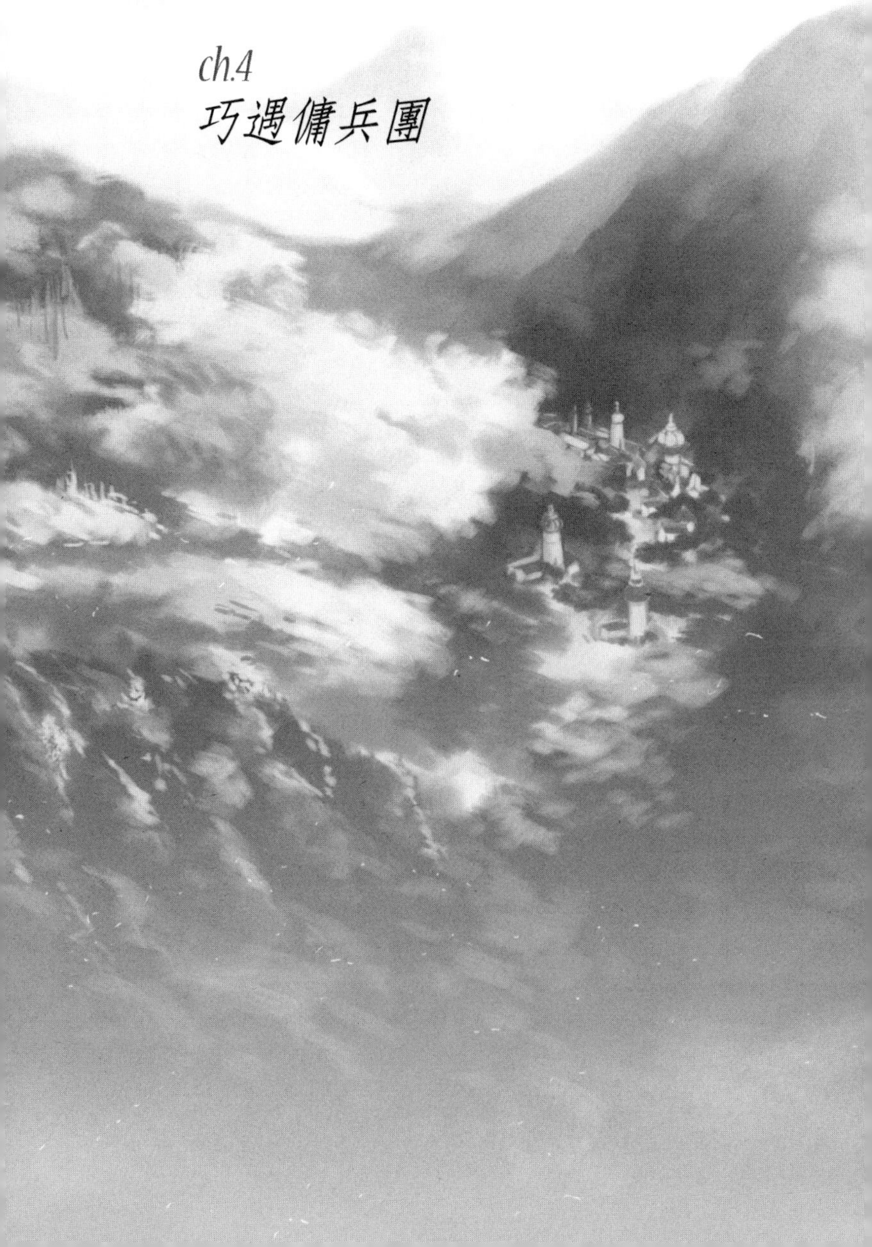

對方開口瞬間，諾耳曼便知道要阻止已經來不及，果然隨著青年的話，那些集合在荒漠的士兵們立即騷動起來。埃德加等人更是臉色一變，二話不說就往要塞奔去。

還好西方軍素來紀律嚴明，騷動才剛出現，便在各將領的喝斥下立即靜止，只是士兵們的眼神卻透出他們的疑惑與不安。

新兵不小心把話脫口而出後就知道糟了，可是說出口的話猶如潑出去的水，已經無法收回。迎上老將軍狠狠的視線，嚇得這個年輕人立即低下頭。

隨即新兵聽到這頂頭長官冷冷地哼了聲，卻沒有說出什麼責罰，才誠惶誠恐地把信件遞上，然後大氣也不敢喘地站到一旁去。

在老將軍接過勇者親筆書信的同時，以埃德加為首，四名勇者同行的同伴也趕到了。

看了看信封上的秀麗字體，諾耳曼帶著古怪的表情，把剛到手的信件向來人遞了出去，道：「夏思思大人這封信件……是寫給艾維斯先生的。」

包括艾維斯在內，聞言後全都露出了意外的神情。夏思思這封信不寫給奈利亞要塞的最高領導者諾耳曼也就罷了，反正大家都看得出少女與老將軍相看兩厭。然而她卻沒有把信件交給四人中最受士兵愛戴的聖騎士，也沒有交給與她最親近的魔族，反而指名收信人是艾維斯，這實在令眾人（早就知道眞相的奈伊除外）始料不及，猜不透勇者的心意。

在所有人催促的眼神下，艾維斯立即接過信件拆開。只見讀著信件的青年雖然沒什麼表情，可是從他把手裡紙張愈握愈縐可以看出，艾維斯絕對沒有外表看來那麼平靜。

最終把信件看完的青年，似乎花了絕大氣力才抑制了把信紙撕掉的衝動，以怒極反笑的恐怖表情把已經縐得不得了的信件遞出。

看到艾維斯的動作，好奇得要命的眾人也不推辭，立即圍過去看看夏思思到底寫了什麼。

親愛的艾維斯：

很高興你沒有立即把信件撕掉，果然選擇你爲收信人是正確的。

勇者大人我決定要放假了！不過放心，待我玩夠，或者把空間戒指裡的錢花光後，便會回到王城，大家要乖乖待在王城等我喔！

另，這封信切記留下來，回到王城後給伊修卡看。能氣死他最好，氣不死的話，讓他鬱悶數天也不錯。

你英明的勇者　夏思思

一時間，所有人都沒有說話。

應該說，所有人全都氣得說不出話來。

良久，埃德加爆發了。

自從與夏思思一起旅行後，這名聖騎士長不知不覺褪去了冰冷。雖然性子依舊淡漠，但與以前那種單是眼神已令人感到冷颼颼相比，已經溫和許多了，甚至幾乎讓凱文等下屬忘記了這個人曾擁有的「冰山」外號。

凱文充滿懷念與驚悚地感受到身邊的隊長大人正發出充滿殺氣的寒意，就連素來最喜歡作弄他的艾維斯，此刻也不敢招惹他。所有人都不約而同地往後退，離埃德加遠遠的。

處於冰山狀態的埃德加，俊美的臉上彷彿凝結了一層寒霜，只見男子散發出滿身冷冽的氣息，二話不說便把手中的信紙撕毀。

「啊！」

聽到驚呼聲後，埃德加幻化出無數殘影的雙手猛然停頓，被聖騎士長碎屍萬段的信紙就像雪花般從城牆散落。然而眾人的視線並沒有投注在這片紙屑製成的雪花上，而是轉而看向突然發出驚叫聲的奈伊。

只見魔族青年一臉惋惜地說：「我本來還想保存思思的字跡，留作珍藏的說。」

「……」

無言了好一會兒，眾人很有默契地自動忽略奈伊的話，轉而討論往後的去向。

「怎麼辦？隊長，現在追上去，說不定能把思思追回來。」偷瞄一眼狠狠發洩過後的埃德加，凱文小心翼翼地發言。

冰山隊長仍未開口，艾維斯便已把這個提案否決了，「追不上的啦！對方可是思思耶！她這個人要嘛就不幹，眞的決定做的話，就絕對不會被人找到漏洞的。」

奈伊則表現得最乾脆，道：「我聽思思的話，乖乖地在王城等她回來。」

看到自家隊長沒有作聲，顯是默許了奈伊的話，凱文嘆了口氣，道：「現在也只能如此了。」

至於諾耳曼將軍，則是發現自己不只頭痛，連胃也痛了起來，「我會想辦法找個藉口安撫士兵的。」

大家皆努力苦思著該用什麼藉口向士兵們解釋勇者大人的不告而別，以致沒有人留意到埃德加那雙蔚藍眸子閃過一絲落寞與擔憂。

抬頭看了眼滿天星辰的美麗夜色，聖騎士長以旁人聽不到的音量輕聲嘆息道：「思思，妳故意把我們所有人撇下，難道想要一個人去做什麼危險的事情嗎？」

□

拋下同伴們、正享受獨自一人旅行樂趣的夏思思，自離開奈利亞要塞後已經過了一星期。

現在勇者大人面臨著一個人生的大考驗。

她迷路了。

絕不是什麼迷失於人生道路這種充滿詩意哲理的狀況，而是切切實實地手握著一張精緻詳盡的地圖在迷路！

一直都跟著同伴前進，再加上夏思思這個都市人在森林裡辨認方向的能力幾乎等於零。所以雖然身上有地圖也有指南針，可偏偏就是很悲哀地只能拿著地圖在森林裡團團轉。

至此勇者大人不得不承認人果然不是萬能的，原來自己一進森林便會變成路痴，可惜，這個認知實在來得遲了點……

發現自己迷路，夏思思不只毫不焦急，反而還益發懶散悠閒起來。反正這座森林到處都是果樹，再加上她的空間戒指裡存放了不少食物，元素精靈的存在也讓她完全不用擔心水源問題。於是少女也就很安心地讓坐騎放緩步伐慢慢地走，若是真找不到出路，就使用上次在克勞德城曾使用過的手段——利用水源連接到其他城市的湖泊或儲水池好了。

這座位於奈利亞要塞與沃富特山脈交界的森林並不安全，因此少女這數天一直處於發放水霧的偵測狀態。還好她身懷驚人魔力，再加上有水靈協助，不然水霧魔法消耗雖小，但長時間使用也是讓人吃不消的。

悠閒地觀賞著大自然風光，夏思思忽然「噫」了聲，把放出的感知擴大，隨即確認了遠處正有數人與妖獸進行著戰鬥。這座森林與魔湖一樣，因為鄰近沃富特山脈而令生態受到污染，一般人是絕不會冒險進入的。

身為穿越者，夏思思一直很在意為什麼自己穿越了這麼長的一段時間，既遇不上黑衣人、白衣人互相火拚，又遇不上暈倒在地的重傷男子，更碰不到失憶的刺客或貴族，這種在言情小說中的王道設定。因此少女立即被遠方的戰鬥吸引，脫下臉上的平光眼鏡收藏起，策馬前往出事地點。夏思思甚至還興致勃勃地想，至少要遇上一個失憶俊男才對得起自己的穿越者身分啊！

接近戰區時，少女更謹慎地凝聚出四顆水球包圍著戰馬的馬蹄。這小小的動作輕易遮掩了馬蹄聲，悄無聲息地藏身於戰區上方的叢林。

於叢林後探頭一看，夏思思發現斜坡下有四名人類與爲數二十隻左右的狼形妖獸正在對戰。看到這些魔族時，少女不禁挑了挑眉，並露出有點驚訝的表情。

夏思思這反應並不是出於雙方懸殊的數量，而是因爲少女對這妖獸熟悉得很。這種擁有巨狼軀體，只有額頭長有單眼的妖獸，正是夏思思被卡斯帕拉進異世界時，初次遇見並且用計將其殲滅的妖獸。

再看看與妖獸作戰的四名人類，其中唯一一名女性被同伴穩穩保護在團隊的後方，身分應是魔法師的她並沒有攻擊妖獸，只在必要時放出防衛魔法，讓迎擊的同伴避過危險與傷害。

奇怪的是，每次魔法師出手後所換來的並不是同伴的感激，而是傷者的自怨自艾，以及其他人的幸災樂禍。

「剛才的不算！我本來可以避過致命傷的！頂多被劃出一道小傷口！」因女子魔法而躲過狼爪的棕髮劍士邊大聲抗議，邊洩憤般地轉身斬向從後偷襲的妖獸。

女子掩嘴一笑，道：「我才不管這麼多呢！剛才你的確受傷了。按照我們先前的約定，我有權利使出魔法。」

棕髮青年張開嘴正想反駁，另一名年紀稍大、有著爽朗笑容的男子卻揶揄道：「早就說好的，一個防護魔法一銀幣，是男人的話便不要反悔。」

「別玩了，血腥味會引來更多魔獸，快點把這些妖獸解決吧！」淡淡下令的人，顯然正是這個團體的首領，竟是一名溫潤如玉、滿身文雅氣息的青年。這名看起來像書生多於傭兵的年輕人並沒有加入戰團，只是站在魔法師美人的身旁隨意斬殺迎面衝來的妖獸。

聽到青年的話，兩名劍士立即收起玩鬧的神情，以幾乎是剛才一倍的速度掃蕩身邊的妖獸。雖然夏思思不懂武術，可在旅途中不乏與武者接觸經驗的她，仍能看出這兩人根本沒使出全力，對付數量比他們多上五倍的妖獸顯得遊刃有餘。

夏思思忽然感到不對勁。

被眼前戰況吸引，令她忘記了一件很重要的事——先前進行水霧魔法探測時，明明探得對方有五個人！

立即收拾心神，感知散發在四周的水霧，這才後知後覺地發現最後一人竟已虎視眈眈地潛伏自己的背後！

被這個結果嚇了一跳，作賊心虛的夏思思下意識想要逃走。可是轉念一想又改變主意，只見少女硬是壓下拔腿就跑的衝動，並繼續保持偷看的姿勢，裝作沒有發現身後逼近的危機。

下一秒，一柄閃著寒光的匕首架在夏思思脖子上，低沉而充滿冷酷的沙啞嗓音從身後傳出：「妳是什麼人？躲在這兒有什麼目的？」

「我只是迷路而已，沒有惡意的，請別傷害我！」立即把雙手舉起作投降狀，仍舊背對著對方的夏思思語氣恐懼又委屈。可是若對方看到少女的表情，便會驚訝地發現，她的雙眼正閃爍著獵物上鉤的光芒。

也許是察覺到夏思思沒有反抗的意思，對方的殺氣緩和了些，但手裡的匕首卻仍舊穩穩架在少女脖子上，道：「先下去再說。」

知道身後的人不好惹，夏思思立即點點頭、乖巧地從叢林裡走出。並且很鬱悶地發現在她從斜坡往下走時，那四名已把妖獸殺盡的人看到她現身竟是毫不意外，顯然早就發現自己躲在旁邊偷看了。

感到超級丟臉的同時，也讓夏思思對這幾人的評價再升了幾級，並且迷路的她更是下定決心賴定他們了！

直到夏思思走到正中位置、呈現被五人包圍著的狀態，才感到架著脖子的利刃總算移開。她第一時間轉身，好奇地打量那剛剛用匕首制住她的人。

那是個高大的黑衣男子，雙眼以下以面罩蒙面，只露出雙銳利鷹目，給人很剽悍的感覺。看起來似乎仍很年輕，卻擁有沉著冷靜且略帶蒼涼的氣息，令人猜不出他的眞實年紀。

未待眾人詢問，夏思思便已主動交代起自己爲何會流落森林的原因。

「我是商家的女兒，本來隨商隊路經奈利亞要塞，怎料正好遇上妖獸與西方軍對戰，商隊來不及逃走受到牽連。混亂中我被一頭妖獸窮追不捨，只好騎上失去主人的戰馬，逃亡至森林才把尾隨的妖獸甩掉，慌不擇路地闖進森林後便迷路了。」

夏思思很聰明地坦承自己的坐騎來自於西方要塞，因爲她知道這點騙不了人。先不說「借」走的坐騎一看便知道受過良好訓練，光是戰馬身上的烙印，便足已洩露牠的來歷。

聽到夏思思這混雜了一點眞話的謊言，那名溫文爾雅的首領察看了少女的坐騎後，便向身旁的同伴點點頭。見他們放鬆下來，夏思思知道自己已經安全了。

聽過少女的遭遇，魔法美人立即親熱地拉起夏思思的手，道：「眞可憐呢！放心吧，現在妳已經安全了。我是芙麗曼，剛才用劍指著妳的人叫伊達；這個看起來沒什麼殺傷力的好好先生，是我們的頭領康斯；剛剛欠我一枚銀幣的笨蛋是雷倫特；幸災樂禍那個是奧克德。」

夏思思立即便以卓越的記憶力把剛獲得的資訊牢牢記住，並回以一個友善的笑容，道：「大家好，我是夏思思。這段時間要麻煩大家了。」

當近距離接觸到這些人後，夏思思不禁笑了起來。雖說她早已看出這些人沒有使出全力，但現在仔細一看，竟然還有驚喜。

例如，奧克德右臂的肌肉較發達，顯是長期舞動重物造成。男子似乎並不如他的外表所表現般，是個劍士，馬背上那支沉重巨大的長槍才是他常用的武器。

又例如伊達的眼神銳利異常，而且視野廣闊。雖然不見這個團隊擁有弓箭等裝備，但夏思思肯定這人不只是她先前所以爲的刺客，至少是名出色的神射手！

還有雷倫特，光看他集中在左手的劍繭，便知道這個一直用右手斬殺妖獸的人，其實是個左撇子……

眞有趣！夏思思笑得非常高興，就像個看見心儀玩具的小孩子。

「思思妳……啊！總覺得『夏思思』這個名字有點不順口，不介意我們這麼叫妳吧？」不習慣異世界名字的雷倫特獲得少女頷首後，便自來熟地與夏思思攀談起來：「思思妳離開森林後想要前往哪兒呢？」

「斯比蘭城。」少女這句倒是實話，反正告訴這些不知道她眞實身分的人答案，對夏思思來說也沒有多大影響。

聽到夏思思的話，雷倫特露出了奇妙的神情，但也只是一瞬間，下一秒，青年便若無其事地繼續與少女談天說地。

同行了大半天，夏思思很快便與眾人混熟。

雷倫特與奧克德都是健談的人，也不知他們的關係到底是太好還是太惡劣，任何小事都能令這兩人吵鬧不休。然而，最妙的是這兩個大男人卻老是拿芙麗曼這個弱女子沒辦法，往往眾人受不了吵鬧，最終都是她以各種方法漂亮地令二人閉嘴。

身爲首領的康斯並不多話，可是一臉令人如沐春風的表情卻不會讓人感到冷淡。雖然有時候對方說上三、四句話他才會回一句，然而卻能感受到男子有在專心聆聽，因此與他說話的感覺其實不壞。

至於超級可疑的蒙面漢伊達，不要說夏思思了，就連那些同是傭兵的同伴也沒看過他的臉，並且對男子的真面目俱感到好奇。據奧克德透露，他是康斯介紹入團的，他們也不清楚對方的身分。

由於團隊中有著芙麗曼這個魔法師，一路上想隱藏實力的夏思思便截斷了與水霧的聯繫。沒有了偵測魔法避開危險，少女這才感受到這座森林有多麼危險。

還好一眾傭兵實力高強，也根本沒有人指望她這個「柔弱少女」出手。因此夏思思倒是很悠閒地邊在旁看好戲，邊與同樣閒暇的芙麗曼有一搭沒一搭地交談著。

ch.5
商人？軍人？貴族千金？

夏思思加入團隊後又經歷了一場小戰鬥，這次妖獸數量不多，身爲首領的康斯依舊沒有出手，只是一個人站在稍遠處觀察同伴的作戰表現。

「要小心，這個叫夏思思的女子並不簡單。」在眾人沒留意到的角落，伊達不知什麼時候站在康斯背後，嗓音低沉地道出了警告。

「哦？可是據我觀察，思思小姐確實是個不懂武藝的普通少女。」雖然康斯嘴巴這麼說，可嘴角卻勾起一個讚賞的笑容，顯是對伊達察覺到夏思思的異狀感到很滿意。

「若只是個普通少女，絕對不可能在妖獸橫行的森林裡絲毫無損的。當我接近她背後那時，光從對方身體瞬間繃緊便可看出她其實已察覺到我的存在，但卻又立即裝作不知道，可見這女孩心機之沉。」

「放心，我想雷倫特他們也早已察覺出異狀。不覺得他們有意無意間至少保持一人留在思思小姐身邊，不讓她單獨處於眾人背後嗎？我們的伙伴是很優秀的。」康斯淡淡地笑道。

並不知道自己被人評論著，夏思思正以享用著免費導遊的心態與芙麗曼閒聊：

「我本來還以爲大家和我一樣都是因爲迷路才闖進這座危險的森林，想不到原來你們是傭兵。我還是第一次看見只有魔法師與劍士組成的團隊。」當然，前提是你們有某兩人不裝劍士的話——正在裝傻充愣的勇者大人在心裡補充一句。

「呵，我們進入森林的目的只是想鍛鍊劍術，並不是因爲任務。」性格開朗的奧克德甩了甩劍上的血跡，爽快爆出驚人內幕。

「鍛鍊！」夏思思禁不住低呼了聲，這些人竟然拿這個位處西方要塞旁邊、到處都是妖獸的森林來鍛鍊！

神經病！眞是沒事找事來做！

接觸到夏思思的怪異眼神，雷倫特有點委屈地說道：「也不是我們想，這是隊長要求的嘛！他說既然到達任務的目的地必須通過西方森林，那就不要浪費天然的訓練場所……不然我們也不想給芙麗曼這個吸血鬼賺錢機會呢！」

面對雷倫特的指責，女子不痛不癢地嫣然一笑，道：「我是心地好，因爲有我的存在，看你們變得多有幹勁？」

「拜託！一個防護魔法一銀幣耶！沒有幹勁行嗎!?」

「原來你們還是有任務在身？那你們的目的地是哪兒？」夏思思的興趣立即來了。

這個世界所謂的傭兵，起先只是些喜歡四處遊歷的年輕人，由於他們老是全世界跑的關係，久而久之聚集在一起後，便成立了傭兵團，後來更出現一些專門委託傭兵的組織。雖說大多傭兵把冒險所得的戰利品賣掉便足以維生，但也有不少菁英會在遊歷的同時順道接一些自己感興趣的任務。

聽到少女的提問，雷倫特露出了先前那種有點防備、很奇怪的眼神，接著便搖搖頭笑道：「沒什麼，只是覺得還眞的很巧合，因爲我們的目的地與思思一樣，都是要前往由緋劍家族所統治的斯比蘭城。」

「噢！那眞巧啊！」想不到這些既有趣又好相處的傭兵原來與自己目的地相同，夏思思立即興沖沖地提議道：「爲什麼不早點說出來呢！那麼我們就不用離開森林以後便分手，可以一起走了。」

「思思，我們到斯比蘭城可不是去遊玩啊！妳跟著我們很危險的。」看到少女一副賴定他們的模樣，奧克德顯得有些慌了。

「很危險嗎？好好的一個城鎮會有什麼危險？」

「呃……任務的內容我們要保密。」

「喔，不說就算了。反正有危險我自會躲，而且大家目的地相同，根本免不了路線相同啊！覺得爲難的話，你們無視我就好了。」夏思思無所謂地聳了聳肩。

康斯一行人給她的印象滿不錯，何況對來自異世界的夏思思來說，這還是她首次獨自一人旅行，若與這隊實力強悍的傭兵團同行，大家能互相照應也是好的。

然而夏思思這個單純的想法以及死賴著對方的表現，在眾傭兵的眼中誤會成了怎樣別有用心的舉動，就不是她能預測得到的了。

跟隨著傭兵們，不用繼續在森林裡漫無止境地團團轉，夏思思有點不爽地發現他們只短短大半天的路程，便足以取代她先前那胡亂走了足足一星期的路……

「眞厲害！思思妳給我們的地圖眞是太詳盡了！西方森林的地圖很稀有，我們這張還是以十枚金幣的高價買的，比起妳這張卻連個屁也不是。」雷倫特的出身並不好，因此有時候說話難免比較粗魯。然而夏思思明白他沒有惡意，加上搭配對方直爽的性格，倒不至於令人感到討厭。

「我是商隊出身的嘛，身上的地圖當然是高級貨了。」夏思思臉不紅氣不喘地回答。

「思思小姐，請問這幅地圖可以暫借我們直至走出森林為止嗎？」康斯問得很客氣，可是言下之意大家也聽得懂：「既然妳不懂得看，就別暴殄天物了，乾脆在森林的這段時間都給我們保管吧！」

要知道在這個既沒有人造衛星，又沒有照相機的異世界，一幅詳盡的地圖甚至比黃金更加珍貴。康斯早就打定主意，只要夏思思點頭，他們便立即把握這幾天的時間，把地圖上的資料有多少抄多少！

會先詢問少女意願，倒是看得出這個叫康斯的青年是個正人君子。面對如此稀有的地圖卻完全沒有搶奪的貪婪心思，若是其他傭兵，只怕未必那麼好說話了。

畢竟對於四處遊歷的傭兵來說，正確詳盡的地圖是保命的本錢啊！

當然，明白地圖珍貴的同時，他們也知道沒有人會想把這些貴重的資訊免費贈與別人，尤其是他們這些相識不到一天的陌生人，因此各人都已做足心理準備，承受少女接下來的獅子大開口。

雷倫特性子直，深怕夏思思不答應，立即緊張地補充：「當然我們不會白借妳的，我們……」

「可以啊！」

「也知道這是不情之請……咦？」拚命想說服夏思思的男子頓時傻眼，就連最爲冷靜的康斯與伊達，在看到少女一口答應後也愣住了。

不說夏思思根本就不了解這張地圖的價值，就算知道，對她沒用的東西，以夏思思的性格根本就不會放在心上。

對身爲勇者的少女來說，權力與財富她也不缺，要是她不願意外借地圖，只怕世上倒眞的沒什麼東西能利誘得到她。試問有誰能給予她比勇者更大的名譽與權力，以及提供比王室允諾的更巨大的財富？

雖然對於這張自己根本看不懂的地圖沒什麼在意，可是看到傭兵們下巴都掉在地上的神情，不趁機討價還價的話就不是夏思思了。「當然，我也不能免費白借給你們。」

聽到少女的話，眾人立即緊張地等待下文。

揚了揚手中地圖，夏思思笑容很惡劣、很欠揍地道：「地圖的租金就當作是前往斯比蘭的護衛費用吧！我可是還有其他地方的地圖喔！是不是很～想借來看看呢？」

看到少女從空間戒指隨意抽出十多張地圖，雷倫特與奧克德的口水立即嘩啦嘩啦地流下來。貪財的芙麗曼更是雙眼迸出閃亮光芒，幾乎就要撲上去抱住少女的大腿了。

看到同伴的神情，康斯莞爾地笑了笑，便一口答允下來。

興高采烈地接過少女手中的地圖，奧克德光是看了一眼，便禁不住驚呼道：「這張地圖竟然連基本的妖獸分布也有列明！這根本就是……」男子沒有把話說完，只是以異樣的目光看了夏思思一眼後，住口不說了。

伊達面色一變，上前取過地圖，仔細一張張看了起來。其他人也是一臉震撼，一副想要詢問卻又強行忍住的表情。

夏思思可不管別人怎麼看她，對她來說，睡覺比天大。在少女的催促下，一行人很快便利用地圖上的資訊找到了絕佳的落腳地點，紮營休息。

然而當安頓好以後，夏思思竟面不改色地從空間戒指中取出一碟又一碟的菜餚時，眾傭兵再度傻眼了。

「思思……」

「嗯？」

「把食物放在空間戒指裡……不怕變質嗎？」奧克德看著眼前色香味俱全、甚至還熱騰騰的菜餚吞了吞口水，一副想吃又不敢吃的樣子。

「咦！會這樣嗎⁉可是我吃了幾天也沒事啊！而且瑪麗亞小姐也說過這戒指可以保鮮的。」

「瑪麗亞！那個王家首席鍊金術師，恩伯特博士的徒弟瑪麗亞博士⁉」奧克德聞言發出女人般的淒厲尖叫。

被男子嚇了一跳的夏思思，期期艾艾地回答：「呃……她是不是王家首席鍊金術師我不知道，不過瑪麗亞小姐的確是恩伯特博士的徒弟……」

「天啊！這難道是瑪麗亞博士親自製造的空間戒指？難怪連食物也能保鮮了！

她的作品可是百枚金幣起跳的價格耶！妳怎麼認識她的？知道她現在在哪兒嗎？可不可以介紹她給我認識？」勾魂的鳳眼迸出熱熾的光芒，一談及錢，芙麗曼那美艷無比的臉龐簡直就像是在發光一樣。

女子這種猶如餓狼的目光成功令夏思思退開了十步，然後少女便以到河邊盛水爲由逃跑掉了。

直至夏思思跑遠，雷倫特這才喃喃自語般說道：「思思這個人不簡單啊！」

「身懷詳盡的地圖，持有瑪麗亞博士製作的鍊金產物，你們說思思她會不會是貴族的千金小姐呢？要知道這些東西每一樣都是天價啊！」芙麗曼用著熱烈的語氣以及崇拜的語調歎息。

「而且你們有沒有發現，思思她根本就不知道這些東西的價值。像那些地圖，她也是在看到我們的反應後才開始討價還價的。」雷倫特補充。

聽到兩人的話，本來認同地點著頭的奧克德像是忽然想起了什麼，上下點著的頭，下一秒變成了左右搖擺，「不對！」

「幹！你老是和我唱反調，難道你認爲普通平民能把這些東西弄到手嗎？」一言不合，雷倫特的髒話便來了，卻在發現對面的伊達皺起眉頭後，立即機警地把接著想說的話吞回肚子。

雖然實在很討厭雷倫特的「出口成章」，可是看到自家團長沒多說什麼，伊達也就只是警告地瞪了對方一眼便作罷。

其實自從與康斯等人組隊以後，雷倫特已經收斂了很多，他也知道自己這樣子不好，可是從小養成的習慣不是十天半個月可以戒掉的，偶爾還是會聽到他吐出一、兩個「專有名詞」。

雖然並不介意雷倫特這個陋習，可是為免男子在旅途中不經意得罪他人，且在對方有心改善的狀況下，康斯也就淡淡地笑著下令，道：「一個髒字一銀幣。」

瞬間，雷倫特的臉立即呈現可怕的死灰，而與之相反地，卻是芙麗曼的臉神采飛揚地亮了起來。

見狀康斯無奈地搖搖頭，暗道奧克德與雷倫特真的被芙麗曼吃得死死的啊……

取過一張夏思思的地圖，收起笑容的康斯隱隱散發出一種上位者特有的沉穩霸氣，「我知道那時候奧克德想說什麼。思思小姐借給我們的全都是軍用地圖！」

這個向來寡言的隊長真是不鳴則已，一鳴嚇死人。除了早就心裡有數的奧克德還能保持鎮定外，其他人皆霍地站了起來道：「軍隊!?」

無視同伴的震撼神情，康斯續道：「至於那只空間戒指，不是普通千金小姐能擁有的，至少是出身王城的大貴族才有資格！」

「所以思思其實是……來自軍隊且出身王城的大貴族千金？」芙麗曼用著不確定的語調做出結論，心想怎麼這個組合如此矛盾古怪？

「她不是軍人。夏思思身上並沒有那種染過血的凌厲氣息。」沉默在側的伊達很難得地發表意見。

「可是她身懷這麼多軍用地圖，怎麼想都必定和軍隊有關。而且軍隊裡也不是所有人都是上場殺敵的士兵啊！她也許是執行祕密任務的高級貴族，例如直屬於王族的情報部之類？」奧克德臉色有點發白地猜測。

「情報部！」雷倫特低呼道：「我就奇怪哪有這麼湊巧，在森林遇上的迷路者要去的地方竟與我們任務的目的地一樣？難道我們的行動走漏風聲了？」

忽然伊達打了一個手勢，不久便聽到遠方傳來細微的腳步聲。知道少女正往回走的康斯壓低音量飛快地說道：「既然獲得了好處，我們不把她好好護送至斯比蘭城也說不過去。小心別亂說話，能試探出她的身分更好。」

回到營地的夏思思有點訝異地看到從空間戒指裡取出來的美食動也沒動過，不由得滿臉疑惑道：「你們不吃嗎？」

接過少女手中的水瓶，芙麗曼嫣然一笑地向夏思思招了招手，道：「等妳回來一起吃嘛！」而康斯則不著痕跡地把手裡的地圖放下。

即使夏思思再聰明，也料想不到只因數張地圖以及一只空間戒指，她便獲得了一個「疑似軍方情報貴族」的複雜身分。

不過以少女的性格，即使知道也不會在乎。只要不滋擾到她，而且這段旅程能保持著那種吃飽便睡的優質生活就好了，其他的她才不理會呢！

□

第二天一早，眾傭兵繼續進行著劍術鍛鍊。

在旁邊打著呵欠，還未完全清醒的夏思思，對於他們如此奮發圖強的表現也沒有多說什麼。反正對方沒有勉強她參與，而難得甩掉埃德加等人的夏思思也不急著趕路，因此每遇上妖獸，這六人團隊就會停下，隨即便會爆發一場激烈的小戰爭。

看到燃燒著青春的眾人在陽光下揮灑汗水的舉動，夏思思光是看便已經覺得好累……想到自己集合聖物碎片、獲得聖劍後，學習劍術絕對是免不了的……唉……好想死……

看了一眼昏昏欲睡的少女，雷倫特與奧克德偷偷互相打了個眼色，特意把身體錯開，放走了一隻正在對戰的妖獸。

妖獸從兩人中間那特意露出的空隙穿越過去，迎面遇上的第一人便是看著戰場發呆的夏思思。面對這個阻礙牠去路的障礙物，妖獸立即凶悍地舉起利爪……

「啊。」呆呆看著迎面而來的妖獸，夏思思的表情與其說是驚惶，倒不如說是很意外。

憑雷倫特與奧克德的實力，少女並不認為對方會犯上這種讓妖獸突圍的低級錯誤。可是若說他們是故意的，自己與兩人無仇無怨，他們讓妖獸攻擊自己是想幹什麼？

放跑妖獸後，雷倫特二人便眼睛眨也不眨地注視著少女的動靜，只見夏思思除了「啊」了一聲便沒有任何動作，看起來就像是嚇呆了的反應後，便立即衝前一劍把妖獸解決掉。結果夏思思除了被濺上幾滴魔族的血外，可說是絲毫無損。

「痛……」可憐兮兮地呼了聲痛，魔族的血液帶有腐蝕性，光是數秒，夏思思被鮮血濺到的部位便已紅腫起來。芙麗曼見狀立即使出治癒術，並且狠狠地瞪了雷倫特與奧克德一眼，道：「十五枚銀幣！」

女子沒有看漏兩人之間的眉來眼去，自然知道這是怎麼一回事。本來只是想試探一下夏思思，根本沒打算讓她受傷的雷倫特二人，也不敢計較盛怒芙麗曼的獅子大開口，吭也不敢吭便點頭答允。

所有人包括沒有參與的康斯與伊達在內，在經過這次試探後，確認了夏思思確實是名不懂武藝、無法自保的少女。

只有芙麗曼對這結果有所保留。

在對方遭受攻擊時，身爲魔法師的芙麗曼感覺到四周的魔法元素忽然變得活躍，然而這個異狀卻在妖獸被殺的瞬間消失無蹤。可惜這場元素騷動維持的時間實在太短，以致女子也不敢肯定這是否因夏思思而起。

若這狀況眞的由夏思思所引起，在這麼短的時間便能聚集到如此龐大的魔法元素，對方顯然是比自己高明不知多少倍的魔法師。

更令芙麗曼擔憂的一點是，如果夏思思眞的是個本領高強的魔法師，她竟然冒著被妖獸攻擊的危險任由敵人攻擊自己，這種心機實在太恐怖了。

何況，夏思思根本就沒有瞞著大家的必要，難道眞的如奧克德所猜測，少女其實是王族情報部的人，並且特意來調查他們這次的任務內容？

要知道緋劍家族的家主雖然年幼，但這個年僅八歲的奧汀伯爵可不是好惹的。何況憑這個家族與王室的關係，獲得王族的關注很合理。

想到這兒，芙麗曼幾乎已肯定夏思思的來頭與軍隊脫不了關係，並且絕對是衝著他們這次的任務而來！

其實一切都是芙麗曼想太多了。夏思思確實心思細密，也很喜歡耍手段沒錯，但要她以這種近乎自殘的方法達成目的，少女倒寧可直接承認她的勇者身分還比較省事。

她可是最怕痛的耶！

而且並不是夏思思不想攻擊那頭妖獸，當她聚集了元素想要攻擊時，妖獸已被雷倫特他們一分爲二了，那還教她打什麼呢？

ch.6
小妖

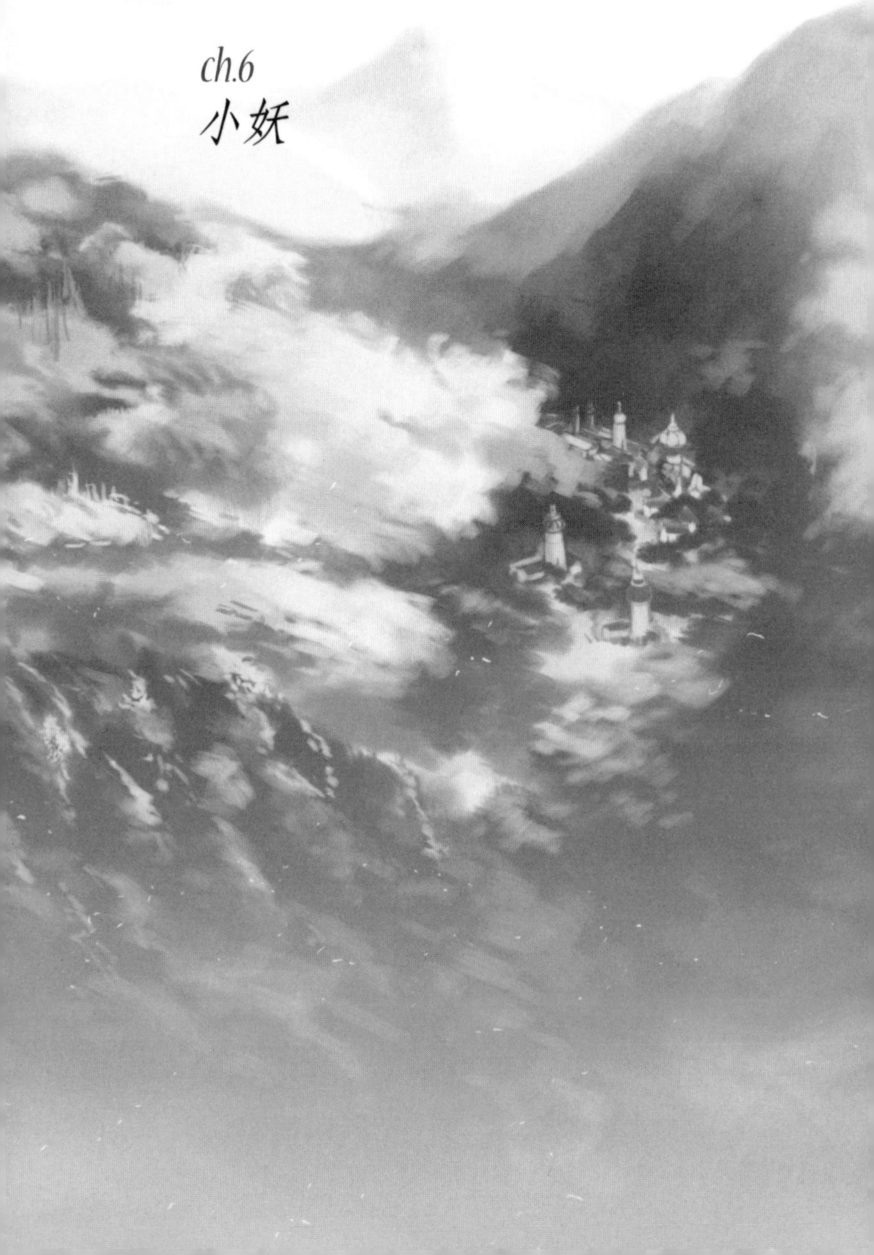

就在芙麗曼胡亂猜測少女的目的之際，忽然響起的驚呼聲拉回他的注意。

「這、這到底是什麼!?」夏思思舉起戴有空間戒指的右手，訝異地看著戒指正中位置的礦石竟浮現一陣紫色火焰！

「不要碰！這是魔族的魔焰！」雷倫特伸手想要替少女把戒指脫下，然而男子的手剛要觸及空間戒指，那搖曳的紫藍火焰竟立即足足增長一倍燃燒範圍，若不是奧克德眼明手快把對方拉回，雷倫特的手已經被廢了。

匆忙趕來的康斯與伊達看到夏思思那雖然驚訝無比，卻沒有表露出絲毫痛楚的表情後，不禁疑惑地詢問：「呃……思思小姐……妳沒事嗎？」

夏思思呆呆地看著愈燒愈旺盛的魔焰。老實說，在如此詭異的狀況下，她也不知該怎樣回答才好。

戒指的魔焰對她並沒有造成任何傷害，因此說有事並不正確；可是若說沒事……這個狀況能說沒事嗎!?

努力了大半天，夏思思仍無法脫下手上的戒指，從指環爆發出來的魔焰也完全沒有要熄滅的樣子。雖然這火焰沒能傷害到夏思思，但滿手的紫藍魔焰看起來實在觸目驚心，總不能讓它一直這樣下去吧？

身為魔法師的芙麗曼嘗試放出聖光把魔焰滅掉，可惜身為風系魔法師的她本就不擅長光明魔法，小小的聖光根本就拿這囂張的魔焰沒奈何。

「這狀況是怎樣開始的？」看到火焰一時三刻似乎對少女無害，眾人也就冷靜了下來，靜下心思考到底是什麼原因引致空間戒指的異狀。

「該不會是因為沾了血吧？」想到剛才受傷的就是這隻右手，夏思思脫口便是這麼一句。

「血……血……」彷彿想到什麼線索，卻又說不出重點的芙麗曼喃喃自語地重複著「血」字，隨即雙眼一亮，美艷無比的俏臉上，充滿恍然大悟的神情，「對了！是血！妖獸的血！」

既然夏思思受傷的是這隻手，也就是說，讓她受傷的源頭——飛濺至少女身上的妖獸之血很有可能就是造成空間戒指異變的原因。

聽到芙麗曼的猜測，雷倫特與奧克德立即滿臉歉疚地垂下頭。先前他們自作主張的試探行動讓夏思思受傷，現在戒指發生異變的原因，或許也是因為那頭妖獸的關係，怎教身爲罪魁禍首的兩人不感到內疚呢？

相較於眾人的擔憂，身爲當事人的夏思思在驚訝過後，反倒對滿手的魔焰表露出強烈的好奇，「眞神奇。若我沒記錯，魔族的火焰應與他們的血液一樣充滿了腐蝕性。可是戴著戒指的我卻沒有受到絲毫傷害，就連火焰的炙熱也感覺不到。」

說罷，彷彿想要印證自己眞的沒有受到絲毫影響，夏思思竟把燃燒著火焰的右手往臉頰摸去。頓時，紫藍火光就這樣黏附在少女臉上，不出數秒，勇者一張清秀的臉龐便成了看不到五官的鬼火臉！

見狀，眾傭兵立即倒抽口氣，不約而同地迅速後退。

「怎麼了？」右手與臉上皆燃燒著魔焰的夏思思，似乎並不知道自己此刻的樣子有多嚇人，疑惑的嗓音從滿臉的火焰中傳來。

「思、思思！妳的臉！」一手指著少女，奧克德發出驚嚇的尖叫。

「我的臉？」聽到男子的話，夏思思反射性舉起手再度摸上臉頰，立即「砰」地一聲，少女臉上的火焰就像獲得燃燒的原料似地，變得更加猛烈。

「嗚～我是在作惡夢吧？拜託誰告訴我現在發生的所有事都是惡夢！」雷倫特

更乾脆，立即把眼前發生的事情歸咎於夢境來逃避現實。

至於到現在仍完全不知道自己變得多恐怖的夏思思，則是開始有點不耐煩地道：「到底怎麼了？你們在說什麼？」

「思思，妳的臉也著火了！」芙麗曼以一臉快暈倒的神情解答少女的疑問。

「眞的？我也好想看看喔！鏡子鏡子！快點給我鏡子！」

「……」

「現在先別管鏡子了，想想辦法吧！即使妳不介意，我們可是嚇得膽戰心驚的。」奧克德無奈地垂下肩膀。從只是右手著火演變成整張臉全是紫藍火光，天知道待會兒少女會「進化」成什麼模樣？

康斯果然不愧是頭領，面對夏思思這個如此驚悚的火焰人，初期的驚愕過後，竟很快恢復了冷靜，道：「思思小姐，妳有沒有覺得任何不適或是異樣的地方？」

「沒有啊！雖然你們這麼說，可是我卻一點感覺也沒有。」燃燒著火光的頭搖了搖，少女的聲音似乎也透出了苦惱，「視線很正常，也看不到眼前有火光，更感覺不到火焰帶來的熱力或痛楚，只是……」

夏思思沒有把話說完，因爲她唯一感到的異狀，就是身上的魔力正以一種很快的速度從臉頰及右手拉扯進空間戒指中。對於想要隱瞞自己懂得魔法的夏思思來說，當然不會把這狀況告訴青年。

「只是？」然而康斯可不是個容易被糊弄了事的人，立即追問下去。

夏思思知道已無法再瞞下去，至少同爲魔法師的芙麗曼一定已察覺到她身懷強大魔力。少女並沒有回答康斯的詢問，卻閉起了雙眼專心致志地發放魔力。除了芙麗曼再次感受到四周元素以令人驚歎的速度聚集外，對其他人來說，因火焰而看不到表情的夏思思只是動也不動地站著發呆而已。

很快地，濃濃的水元素形成薄霧包圍在夏思思四周，少女把感知依附在水元素上，並將其引導進空間戒指裡。默默用感知在戒指裡搜索良久，最後，一直呆站著的夏思思忽然行動起來。

只見少女從空間戒指裡霍地拉扯出一顆充滿魔力的黑色球體，隨即少女臉頰及右手的紫焰瞬間形成一道火焰的漩渦，一絲不剩地全數吸收進這個球體。夏思思總算恢復正常的清秀臉龐，緊閉的雙眼緩緩睜開，眼神中滿是笑意地凝望著手上的球體，道：「找到你了……」

眾人凝神一看，被少女從戒指裡拉扯出來、引起一連串異狀的凶手，竟是一顆通體漆黑、散發出陣陣黑暗氣息的水晶球！

「天啊！很濃的魔力，這顆水晶球是什麼？」半飄浮在空中的水晶球正貪婪地吸收著夏思思所聚集的魔法元素。看著這顆晶球不斷爆發出紫藍火光，眾傭兵被魔焰轟得只能躲在芙麗曼的防護盾後哇哇大叫。

唯一不怕魔焰攻擊的夏思思，顯然也被黑晶球所引起的爆破效果嚇了一跳，「我、我也不知道啊！」

「怎會不知道！這水晶球不是從妳的空間戒指中取出來的嗎？」雷倫特一句話，便把夏思思反駁得只能以心虛的笑容來遮掩。

總不能直說，這水晶球其實是她從北方賢者家裡順手牽羊偷來的吧？

就在晶球吸收的魔力總算到達飽和、再也吸不進任何魔法元素後，所有從球體發放出來的火焰瞬間消失，隨之而來的，便是「畢剝」一聲，光滑的晶球表面竟出現了數道裂痕。

「嗯？是吸收太多魔力撐壞掉了嗎？」雖然話是這麼說，可是芙麗曼仍謹慎地讓魔法護盾架在眾人身前，小心翼翼地察看水晶球的變化。

某樣黑色的東西倏地從晶球裂縫伸出。

「裡、裡面有東西！」眼看從水晶球中伸出看起來像是前肢的東西，現身不到一秒便再度退回去，芙麗曼立即緊張地將護盾增幅至最大強度，準備承受任何突如其來的危險。

就在女子驚叫的同時，那可疑的物體再度從水晶球內部伸出，並且按住縫隙的邊緣想把裂痕撐開。至此，眾人才看清楚那到底是什麼——竟是一隻長滿漆黑、濕漉漉絨毛，看起來像是幼貓或是幼犬的前肢！

只是無論是貓或是狗都是胎生的，從未看過卵生的……不不！從未看過由水晶體生出來的小動物！看起來實在很詭異耶！

以水晶球的體積推論，藏在裡面的生物應該只有手掌大小。可是接二連三的怪異狀況，令傭兵完全不敢掉以輕心，全都嚴陣以待，緊張地猜測到底會從裡面跑出什麼怪物。

其實整個「破殼」過程只是持續了短短數分鐘，可是在精神緊繃的狀態下，眾人卻覺得時間異常漫長難捱。終於，那不斷擴大的裂縫「啪」地一聲大大裂開，水晶球破出一個大大的洞口！

在眾人的注視下，一頭初生的小小妖獸從晶球中探頭而出。

貓兒外型的身軀看起來很柔軟，黑色的毛髮濕漉漉的。若不是妖獸那條長長的尾巴末端燃燒著紫藍色魔焰，光從外表看來就只是隻可愛的幼貓。

妖獸睜著雙大大的金色眼眸好奇地四處張望，看似純真無邪卻閃爍著狡黠光芒的雙瞳，令夏思思想起了妖精的金綠眸子。當妖獸的視線迎上夏思思時，竟發出一聲蘊含著喜悅的幼貓喵叫聲，只見牠背部猛然長出一雙蝙蝠狀、末端各有倒勾的翅膀，便歪歪斜斜地往夏思思的方向飛去。

奇異的親切感讓夏思思沒有多想這頭小獸會不會帶來危險，輕率地伸出手，一把將半空中吃力飛著的妖獸撈進懷中。令人吃驚的是，整個過程妖獸不但沒有掙扎，反而在少女懷裡收起了翅膀，並自個兒找了個舒服的位置休息。

看了看滿地閃閃發光的水晶「蛋殼」，再把視線移向一臉滿足、昏昏欲睡的妖

獸，芙麗曼戰戰兢兢地收起護盾，好奇地打量這頭看起來乖巧可愛的小黑貓，只覺牠嬌小可愛，不禁愈看愈是喜歡，伸手想去摸摸這頭呵欠連連的小妖獸。

怎料芙麗曼才剛伸出手，察覺到陌生氣息的妖獸立即凶悍地張牙舞爪。尾巴的魔焰更是瞬間爆發出數尺高度，隨即一束束看起來弱小、卻能造成嚴重傷害的火光，如利箭般毫不留情地往芙麗曼射去！

愕然地看著懷裡小貓凶狠的模樣，夏思思低喝了聲「住手」也沒能制止，不畏魔焰的她忽然露出惡作劇的神情，竟伸出手一把握住妖獸尾巴上的紫焰，嚇得小貓倏地弓起身子。

尾巴上的魔焰遭受「攻擊」，妖獸伸出銳利的爪子轉身想往抓住牠尾巴的手抓下去，揮出爪子後才看清楚抓住自己尾巴的人正是夏思思。隨即在傭兵震驚的視線下，妖獸竟硬生生地停下攻擊，只是忿忿不平地露出尖銳小齒向少女做出威嚇。

察覺到小貓不想傷害自己，夏思思更是得寸進尺地加重了手中的力道，威脅笑道：「你乖乖的話我便放手。」

受到如此赤裸裸的挑釁，妖獸原本燦爛的金瞳瞬間變得冰冷，凝重的氣氛就連周遭空氣也為之凍結。所有人都屏息靜氣地凝視著眼前這一幕，以防妖獸忽然發難時，好衝上前將少女救下來。

一人一獸對峙良久，夏思思的意志依然毫不動搖。繼續對瞪了五分鐘，妖獸終於因眼睛痠痛而敗下陣來……

「似乎沒問題了。」讚賞地摸了摸拚命用前肢揉著眼睛的小妖獸，夏思思向想上前卻又猶豫著的傭兵招了招手。

芙麗曼看小貓對他們的接近沒有再表現出什麼激烈反應，伸出手便想學少女摸摸這頭可愛的小妖獸。怎料，一直乖巧無比的小貓卻立即擺出威嚇的架勢，就是不肯讓夏思思以外的人類觸碰，氣得芙麗曼紅著一張俏臉，羨慕又委屈地嘟起了嘴，道：「不公平啊！怎麼牠只聽思思的話？」

康斯若有所思地打量著這頭神祕的妖獸，「難道是因為牠吸收了思思小姐血液的緣故？聽說遠古時期有一種血契的馴獸手段，再加上這頭妖獸當時還處於『胎兒』這種脆弱無比的狀態，說不定思思小姐妳在陰差陽錯下把牠收服了。」

「作為牠的主人，思思不怕牠放出來的魔焰這點便說得通了！天啊！這小傢伙該不會是眞的認妳爲主了吧？」奧克德一臉驚歎地雙目睜得老大。

雙手穿過妖獸腋下將其舉起，夏思思與對方的金瞳對望良久，隨即歪了歪頭，道：「會不會是牠誤以爲我是媽媽了？」

「這東西又不是小雞！」

「看牠出生時的情況不是差不多嗎？」夏思思立即反駁。

「呃……這麼說也沒錯啦……」

「我替你取個名字吧！」夏思思笑了笑，說道：「來歷不明的小妖獸，就叫小妖好了。」

正聚精會神等待少女取名的眾人立時絕倒，心想夏思思也實在取得太懶太直接了吧!?

「妳想把這頭妖獸帶走？」見夏思思竟替懷中魔族取名，露出一副養小貓、小狗的架勢，伊達皺起眉，語氣不善地詢問。

「有什麼關係呢！小妖很乖的對不對？」夏思思向小貓煞有介事地發問，而妖獸竟也認同似地「咪」了聲。

康斯嘗試以其他理由說服夏思思，「即使我們不在乎牠是妖獸，可是不代表其他人不介意牠的存在，牠一出現必會在城鎮引起騷動。」

「這個容易。」說罷，夏思思轉向懷裡的妖獸，「小妖，平常沒有危險的時候，記得把魔力隱藏起來假扮成普通的小黑貓，不然我會很麻煩的，知道嗎？」

看到夏思思竟向妖獸說教，雷倫特哭笑不得地搖首，「沒用的啦！隨時保持戰鬥狀態是妖獸本能，而且低階的動物型妖獸智慧不高，聽不懂妳在說什麼的。」

怎料男子的話才剛說完，便驚見小妖那雙燦爛的金瞳竟於短短數秒內漸漸幻化成普通的橙黃色，同時尾巴的魔焰也熄滅無痕。

妖獸隱藏魔力後的模樣與尋常幼貓無異，若現在隨便告訴不知情的傢伙小妖的身分，只怕還沒有哪個人會相信呢！

「怎麼可能……獸形低階妖獸竟有思想，還那麼聰明聽得懂人類的言語……」奧克德以一臉見鬼的神情，緊盯著滿臉得意洋洋的小妖。

小妖的表現實在過於妖孽，也難怪奧克德如此震驚。若他知道這頭外表可愛至極的小黑貓，其實是由一對雙胞胎高階魔族死後的靈魂碎片融合後轉生而成，便能明白牠為何有如此靈異的表現了。

現在嘛，不知道前因後果的他也只能震驚地對著小妖乾瞪眼。

小妖瞄了滿臉驚異的男子一眼後，竟咧了咧嘴，露出人性化至極的嘲笑表情。

相較於傭兵滿臉驚嚇的反應，夏思思倒是很輕易便接受了這頭怪異的小妖獸。雖然她並不知道小妖的真正身世，卻很清楚那顆水晶球來自何處，而且還曾親眼目擊一個好好的領主被賢者大人變成了魔龍的魔法秀。相比之下，從佛洛德屋裡偷出來的水晶球會生出一隻通曉人性的小貓，對她來說根本就是件不值一提的小事。

至於會不會有危險這件事，聽野生風靈的描述，那水晶球應該是賢者送給黑翼小姐的東西，那小妖應該就不會有太大的危險性……吧？

見夏思思主意已決，康斯也不再費唇舌。反正穿過森林後的第一座城市便是斯比蘭城，那時候他們便會與這名身分神祕的少女分道揚鑣了。因此青年並不在乎這頭取名為小妖的小魔獸，會不會在城鎮中為對方帶來什麼麻煩，好意提醒一下便罷了。

然而，當熟知了小妖的性情以後，康斯便開始後悔了。

也不知道是因爲魔族，或來自於貓科動物的殘酷天性，這頭可愛的妖獸卻有著與外表不相符的陰險與殘忍。小至甲蟲，大至田鼠、白兔等小動物，只要是沿途被牠發現到的，無不被視作玩具用來尋樂子。

牠不會馬上把獵物弄死，也不爲了塡飽肚子而捕獵，只單純享受殺戮的樂趣。

本來這也沒什麼大不了，尋常貓科動物也有這種相似的行爲模式。然而小妖卻總是在玩弄獵物的同時，以陰惻惻的金瞳打量一眾傭兵，彷彿計算著該怎樣把他們如同爪子下的小蟲般玩弄於股掌中。如此人性化的心智與表現，實在令康斯等人不由得感到膽顫心寒。

若不是小妖以夏思思馬首是瞻，在這頭妖獸暴露出牠殘忍的心性時，康斯絕對會把牠殺之而後快，將危險扼殺在搖籃中！

說來也奇怪，雖然這頭魔獸對眾人不屑一顧，一副高傲得不得了的樣子，但唯獨會主動親近夏思思，甚至還對少女言聽計從。對於這點夏思思本人也無法確定原因，但有人能壓制牠的天性與行爲總是一件好事，傭兵們也樂見其成。

因小妖的誕生而洩露一身魔力，但看到傭兵完全沒有把她與勇者這個「身分」聯想在一起後，夏思思決定順勢假裝成一名正在旅行的魔法師，肆無忌憚地使出她擅長的水系魔法……在旁玩著來打發時間。

至於爲什麼不使出魔法與大家一起揮灑汗水戰鬥？

「先前你們不是說進入森林的目的是爲了歷練嗎？我加入的話會妨礙大家練習的進度吧？何況受人錢財（地圖）替人消災，我又怎好意思剝奪各位保護我、替我服務的機會呢？你們說對不對？」

「……」

也正是從夏思思百般無聊地玩起她水系魔法的這天起，眾人的苦難便開始了。

最先發現異狀的人是雷倫特。「怎麼天色好像忽然變得陰暗了？」

眾人聞言後抬頭一看，赫然發現正上方不知何時飄浮了一朵很靈異的大黑雲。

之所以說「很靈異」，是因爲它的位置很低，而且除了這朵黑雲外，是萬里無雲的好天氣。

「思思，妳在幹什麼？」芙麗曼不用多花心思去猜測，在場懂魔法的也只有她們兩人而已。小妖是純黑暗火系的不算，既然不是自己，那麼把水霧凝聚成烏雲的人便只有夏思思了。

「嗯……沒什麼，只是想做個實驗。」少女一臉閒極無聊的神情，抬頭看著黑雲喃喃自語道：「沒記錯的話，若雲層的上部帶正電，下部帶負電，那麼地面便會產生大量的正電。只要雲層下部的電位比地面的低，帶負電的電子便會向地面加速……理論上我也應該辦得到才是。」

「？？？」

語畢，只見少女一彈指，頭頂上的烏雲竟忽然迸發出數道閃電，直直把地上的眾人劈得雞飛狗跳！

沒有閒情來驚歎夏思思竟然能用水系魔法產生雷電，一道刺眼的閃光過後，烏雲猛然炸開，似乎這個不知名的實驗終以失敗收場……

往後夏思思便像個找到心愛玩具的小孩子，只要一有空閒，便會興高采烈地以提升帶電雲的持久度、準確度以及破壞力來打發時間。這可苦了康斯他們，每天頭上都頂著一朵帶電雲，只得無時無刻提高警覺，以免沒死在戰場反倒莫名其妙死在自己人的電擊實驗中。

當夏思思把驅使雷電的技巧練習得滾瓜爛熟，眾人以爲總算能脫離苦海之際，再次感到無聊的少女卻又研究出新玩意。

「把水氣互相摩擦的話，便能產生頻率不一的震動形成聲音，掌握得好，說不定可以用這種魔法來傳遞聲音。」

於是，取而代之便是夏思思震動水霧所造成的刺耳雜音，有一下沒一下地滋擾著他們。雖然沒有雷電來得驚心動魄，可是煩擾度卻是前者的數倍。

相較於夏思思這個只會扯後腿的主人，小妖顯得有用多了。每每在眾人與妖獸戰鬥時，這頭陰險的小貓便會在旁放出魔焰偷襲。小妖這種專打落水狗的卑鄙舉動，竟效果卓越，更讓兩名被康斯推出去練習劍術的青年減低了不少被芙麗曼坑錢的風險。

這個結果直把愛財的女子氣得不得了，卻又無法對那一臉可愛無辜的小妖發作，最終只能獨個兒生悶氣，爲流失的銀幣哀怨不已。

ch.7
綁票

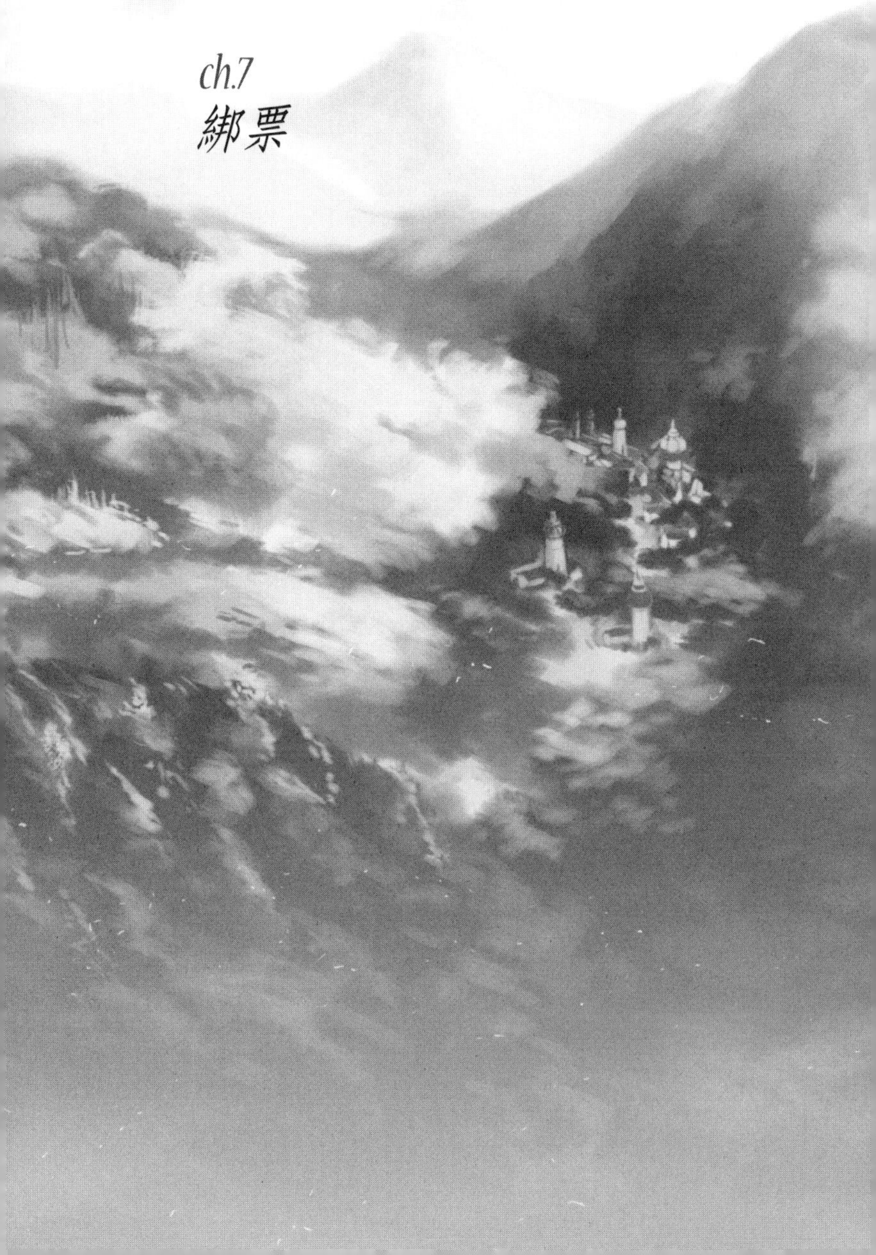

經歷了十多天路程，一行六人總算跨越令人聞風喪膽的西方森林，來到了由緋劍家族管轄的斯比蘭城。

愈是深入森林，蜂擁而至的妖獸便愈是難纏。有好幾次不光是康斯與伊達，甚至連夏思思也要投入戰團才能脫身。

見此，夏思思不得不反省自己單槍匹馬進入森林的決定實在過於托大。若不是她運氣不錯遇上這隊實力非凡的傭兵團，只怕只能利用水遁夾著尾巴逃跑了。

不過，夏思思卻不知道她那僅僅數次的出手，已令一眾傭兵有種大開眼界的感覺。

倒不是說少女使出的魔法有多強大（至今夏思思仍沒有亮出元素精靈這張王牌），但每每她所使用的，皆是最適合當時戰況、最能巧妙讓眾人獲勝的魔法。其中那異想天開的創意及想像力，更是讓同爲魔法師的芙麗曼從中獲得不少啓發。

短短十多天，夏思思已不知不覺融入了這個團隊。雖然少女所展現的魔法天賦，令眾人更確認她絕不是普通人，礙於接下來的任務，康斯等人更是從沒有放鬆過對夏思思的戒備。可是一起旅行了這麼久，分離時還是感到有點不捨。

夏思思靈光一閃，忽然想起從瑪麗亞那兒搜掠出來的其中一樣鍊金術產品。於是心念一動，便從空間戒指中取出數枚小小的銀色徽章，並把其中五枚交給康斯，道：「這東西不管多遠都能互通訊息，放心吧！這只是用來通訊，不會洩露你們的行蹤的。」

說罷，夏思思轉向一旁的芙麗曼，並向女子俏皮地眨了眨眼，道：「妳可不要把它賣掉來賺錢喔！」

看到夏思思真摯的笑容，康斯微笑地頷首接過對方手中的精美徽章，「謝謝！」

教導青年如何使用這個小道具後，夏思思便灑脫地與眾人道別。一時間只剩下她獨自一人，就連熱鬧的街道也好像變得寂靜了似地。

走在大街上，夏思思邊隨意閒逛著，邊打趣地與懷裡的貓兒說道：「還好有小妖你在，不然我可是會感到寂寞呢！」

聞言，小妖立即撒嬌地喵了聲，逗得少女吃吃地笑了起來。

夏思思本就不拘小節，失落的心情不一會兒便好轉起來，隨即有了在城內四處張望的閒情逸致。斯比蘭城果然不愧是緋劍家旅的領地，繁華程度不但不亞於王城，城中治安更是一等一的好。道路與房屋規劃得井然有序，就連路旁擺地攤的流動商家，也很識趣地留出一條道路讓路人前進，這點甚至比繁華卻有點雜亂的王城更爲出色。

少女仔細想想也就不覺得意外了。緋劍家族除了是初代勇者的後裔外，擁有能「看透謊言」神祕血脈的他們，還是王室的密探。整個家族在民間積威已久，除非是傻子，不然有誰會在緋劍的領地裡鬧事？

也拜這兒良好的治安所賜，夏思思這個俏麗少女單獨投宿也沒遇上什麼麻煩，且沒出現旅館惡意抬高價錢等刁難。她爲接下來的計畫，感到一陣心虛。

可是仔細一想，這些都是歷代緋劍的功勞，與「那個人」無關。何況從各方聽來的訊息，對方根本就不值得可憐，被她嚇死了更是活該。

思考至此，夏思思也就釋懷了，安心逗弄著沒一刻安靜的小妖，靜待夜晚的來臨。

月黑風高之夜，除了搞暗殺，同樣適合其他有益身心的活動。例如，夏思思此刻將要做的壞事——裝神弄鬼。

把吵鬧不已、硬要跟著自己的小妖用繩子束在柱子上，夏思思迎上妖獸那雙橙黃色的貓兒眼，嚴厲地下令道：「在城市中除非受到生命威脅，不然不許使用魔力！這是你答應過我的。」

不再理會小妖那轉換著千種百樣心思的狡猾眼神，以及聲聲裝可憐的悲鳴。夏思思確保繩子上死結的結實程度後，滿意地轉身跳進盛滿清水、洗澡用的水缸。

隨著一陣閃光，少女消失於只有腰間高度的水缸中。

見狀，一直在旁嗚咽悲鳴的小妖一反先前可憐兮兮的神情，滿臉狡黠地低頭凝視位於脖子的死結……

□

以水遁神不知鬼不覺離開房間的夏思思，並不知道在她離開以後，有四名旅客選擇入住這間鄰近緋劍家族宅第的旅館。

領頭的青年舉止得宜、溫文儒雅，就連閱人無數的老闆在看到對方的瞬間，也忽略了對方一身傭兵裝束，把來者誤認爲是個出身良好的優雅貴族。

青年旁邊是名長相美艷的女魔法師，所有在場男子都把目光聚集在女子身上捨不得移開。受到眾人注視的女子也不見嬌羞，大大方方地迎上目光，面不改色。

而位於這一男一女身後的兩名男子，外表雖然沒有同伴來得亮麗出色，可無論是掛於腰間充滿血腥味的長劍，還是壯健的身材，都令人一看便知不好惹，因此也無可避免地引來一輪注目。

現正是斯比蘭城的旅遊淡季，旅館中的空房多得是，四名旅人很順利地便分配到數間相連在一起的客房。爲首的青年與老闆閒聊間已旁敲側擊地打探過，這個樓層除了一名單身少女外，便再也沒有其他旅客了。

這一行四人的團體，正是上午才與夏思思分手的眾位傭兵！

分配到房間後，四人便把握時間梳洗休息了一番，最後才全數不動聲色地於康斯房中集合。

同時，大開的窗戶人影一閃，掠進房內的正是五人之中唯一沒與同伴一起投宿的伊達！

見人到齊後，雷倫特便不吐不快地道出忍耐了許久的疑惑：「我們這麼高調沒關係嗎？如此一來不就很容易被人懷疑？」

康斯淡淡地笑道：「我就是要他們留心。」

見雷倫特仍是滿臉不解，芙麗曼狠狠往男子一瞪，如此普通的動作出於女子身上竟是風情萬種，弄得雷倫特尷尬地紅了一張臉，「笨！以我們的長相氣質，無論怎樣都會招人注目的，若是用斗篷遮住相貌也同樣可疑。既然避不過，那就讓這兒的居民把我們『四人』好好記下來吧！」說到「四人」二字，女子特意加重語氣。

「啊！」雷倫特這才恍然大悟：「故意讓別人誤以爲我們只有四人。那麼事後就不容易懷疑到我們身上了！」

「正是這樣。」芙麗曼嫣然一笑，道：「何況誰都會下意識地認爲歹徒全都是躲躲藏藏無法見光的人，又怎會聯想到犯罪的人會是搶盡風頭的我們呢？」說罷，女子便向雷倫德攤開了手掌。

「怎麼了？」

「分析費，多謝，三枚銀幣。」

「……我就知道。」

「我們要抓緊時間，宴會開始前必須動手。」伊達說罷，便披上早已準備好的黑色斗篷。見狀，眾人也收起了玩鬧的神色，學著男子的動作用斗篷把自己包裹得密不透風，只露出一雙眼睛。

「走吧！」康斯一聲令下，數道黑影從窗戶掠出，卻沒人發現到同樓層的某間房中，一雙橙黃色的貓兒眼把眾人的舉動全都看在眼裡。

□

今天正是緋劍家女主人希爾達的生日，一清早，整棟大宅的下人全都忙碌地進進出出，爲晚上的生日宴會做準備。

身爲宴會的女主角，希爾達更是早早換上高雅華麗的晚禮服，準備接收來自各方權貴的羨妒與讚美。

希爾達無疑是個很美的女人。即使年過三十，但保養得宜加上嬌生慣養的生活，讓她的外表嬌艷如昔，一身剪裁高貴的禮服更是把她襯托得明艷照人。

揮手示意侍女退下，希爾達立於連身鏡前孤芳自賞，內心得意無比。

想她一個中階貴族出身，若不是手段好、野心大，哪能有今天的風光？當年她處心積慮地討得老夫人歡心，在旁推波助瀾地將那對擁有魔族血脈的孩子逼走，終於把自己的親生兒子推上族長之位。想到兒子奧汀小小年紀英明出眾，女子更是感到高傲又自負。

只是那孩子什麼都好，就是不容易控制瞞騙，且性子像他的父親公平正直。萬一被奧汀知道當年事情的眞相，只怕以他的性格，即使是親生母親也不會容情……

想到這兒，希爾達卻又覺得自己過於杞人憂天。她終究是奧汀的母親，那孩子即使心裡懷疑，也絕不會明目張膽地逼問她。只要她不說，又有誰會知道眞相呢？

面對眼前連身鏡中反映出的美麗身姿，希爾達露出了自信無比的笑容。她一向很有野心，有著不輸給男人的權力慾。充滿野心的眼神令她展現出迷人的風采，就像一把出鞘的刀刃般美麗而銳利，總是反映著亮麗的銀光，卻令人忘記刀刃往往能割喉奪命。

忽然，希爾達從連身鏡中看到身後的房門無聲無息地打開，女子收起了臉上的笑容，並露出不滿的神情。心想這些侍女愈來愈不像話，竟私自進入女主人的房間還不先揚聲。

正打算好好教訓一下這個不懂禮貌的下人，希爾達卻在看清閃身闖進房間的人影後，驚惶地瞪大雙眼，想要高聲呼救，來人卻先她一步使出魔法。隨即女子眼前一暗，全身失去力氣地軟軟倒在豪華的羊毛地毯上。

□

以水遁離開旅館的夏思思，不出數秒便從連接點——緋劍家大宅的水池中現身。

渾身濕透的少女剛離開水面，便立即被晚上的微風吹得噴嚏連連，慌忙把身上的水氣聚成水球拋回池中，夏思思順了順瞬間恢復乾爽的衣物，從空間戒指取出一顆藥丸吞下，頓時一雙溫潤的棕色眸子變成了一紅一綠的異色雙瞳。

然而，少女前進的步伐卻很快停頓了下來，看著巨大的宅第呆呆發怔，夏思思一時間拿不定主意該往哪個方向尋人。

根據先前從大街及餐館打探得來的情報，今天是大宅女主人希爾達舉行生日宴會的日子。現在正是宴會前的準備時刻，身爲女主角的希爾達應該正在房間裡更衣打扮吧？

呆站在這兒也不是辦法，夏思思使出水霧探測了大宅內的守衛分布後，便胡亂找個方向繼續前進。

結果才一踏進大屋範圍，夏思思便愣住了。

光是少女身處的這條走廊，舉目看去便至少有數十間房，不知道主人房到底在哪兒的她，也只能逐間逐間地找了。

暈……

雖說依靠擴散在四周的水霧，夏思思能清楚知道大宅所有人的動向，不怕被別人發現。可是若晚宴開始，這兒的人流會比現在多出數倍。即使讓她尋到人，要找機會問話只怕會變得不容易。

唯一値得慶幸的是，貴族都有把家族成員繪成油畫到處掛的習慣，緋劍家也不例外。夏思思遠遠便看到擺放在大廳正中，以現任緋劍家主奧汀爲主角、一家三口的巨大油畫，至少可以確保少女等會兒不會找錯人。

好麻煩、超想放棄的。可是一想到艾莉，以及與她有過一面之緣的伊妮卡與佛洛德，少女卻又無法狠下心把事情放著不管……

無奈地嘆了口氣，夏思思也只能認命了。

大宅裡人數眾多，現在又正好處於下人忙碌收拾打掃的時間，祕密尋人簡直就是大海撈針的偉大作業。爲了不讓別人發現自己的行蹤，夏思思硬是曲曲折折地走了不少冤枉路。結果找了大半小時後，少女終於抓狂！

「嗚~可惡！虧卡斯帕還敢自誇爲眞神，受萬民景仰。怎麼我這個受眞神庇佑的勇者會這麼倒楣？我不理了！卡斯帕，再找不到希爾達我就離開！」

當然，夏思思以上所說的全都只是氣話，不是認眞的。她只是說說而已，根本從來沒有指望出現神蹟。以卡斯帕的性格，即使聽到了她的抱怨也不會幫忙，說不定還在偷笑看著勇者的笑話呢！

然而下一秒，奇蹟卻出現了！

也不知是巧合，還是剛才的威脅產生效果，夏思思竟看到她苦尋不著的希爾達，正被五名全身包裹著黑色斗篷的可疑人挾持離開！

神……神蹟啊……

呆呆看著眾黑衣人飛快往外走，夏思思愣了好久才總算回過神來。隨即胡亂雙手合十地往天空拜了拜，便急急舉步追上去。

此時夏思思不得不慶幸自己先前爲了安全的考量，毫不吝惜魔力地把水霧覆蓋整座大宅，不然在她只顧著發呆的同時，那群黑衣人早已走遠。

抄了幾條近路，夏思思很快追上了目標物。只見希爾達軟軟地被其中一名黑衣人扛在肩上，既沒有呼救也沒有掙扎，顯然已失去知覺。

夏思思倒不擔心女子已經遭遇不測，畢竟緋劍家族守衛森嚴，對方大費心思混進去，絕不會只爲了殺人劫屍那麼無聊。

有哪個殺手會殺人後抬著屍體走的？因此夏思思可是放心得很。

這群神祕人身手不錯，且絕對做足了事前準備。一路上，他們竟沒有驚動任何下人與守衛，輕而易舉一直順利往前走。

就在夏思思看得驚歎不已並且自愧不如之際，赫然發現眼前一行五名的黑衣人，不知什麼時候竟只剩下四條身影。

還沒來得及慨嘆這個狀況很眼熟，一柄銳利的刀刃已架在少女脖子上，低沉又熟悉的嗓音冷冷詢問：「妳是什麼人？躲在這兒有什麼目的？」

似曾相識的狀況讓夏思思只想掩面痛哭，她又再度只顧著發呆而忘記保持警覺了，還眞是學不會記取教訓啊……

而且，還偏偏兩次都栽在同一人手上。

雖然被利器指著要害，但夏思思還是差點失笑。只因男子脫口而出的質問，根本就與他們相遇時所說的話全無二致。

「伊達，放下你的劍吧！是我，夏思思。」面對蒙面人帶來的致命威脅，少女只是面無表情地回以一句，便令黑衣男子渾身一震，慌忙把手中的劍刃移開了點，以免不小心誤傷對方。

不愧是伊達，為人果然夠小心謹慎。雖然本就覺得對方背影很眼熟，此刻更從說話的嗓音認出了夏思思的身分，但他還沒有完全放鬆警戒，雙眼眨也不眨地緊盯著少女，以免她突起發難。「慢慢轉過身。」

夏思思依言轉身，伊達看清眼前的人果然就是早上才剛與他們分別的少女時，眉頭皺得更緊了，道：「妳怎麼會在這兒？而且妳的瞳孔顏色……」

夏思思聳聳肩，有點無奈地說道：「我想我們的目標是一樣的。」說罷，便指了指露出訝異雙眸、走到她身前的傭兵們——正確來說，是指了指被人扛在肩膀上的希爾達。

「找我？」誤以為少女所指的人是自己，扛住希爾達的男子傻傻地反問了聲。即使看不到對方的臉，光看這單純直接的反應，也知道他是雷倫特了……

此時，康斯那淡淡的嗓音從旁響起：「宴會差不多要開始了，有什麼事離開再說。」隨即伊達便遞上一件斗篷，這動作讓夏思思不禁好奇地偷瞄了男子的斗篷內側。明明裡面只穿了一件緊身衣，也不知他到底把東西藏在身上哪裡。

還差幾步，只要越過在圍牆站崗的守衛，便可輕易離開。夏思思利用水霧略微探知四周守衛動向後搖了搖頭，沒有把斗篷接過的打算。「不用啦！那些守衛暫時不會過來這邊。」全黑的斗篷光看已感到氣悶，如非必要，少女實在不想把這東西披在身上。

「請穿上吧！一會兒我們要把守衛吸引過來，被看到容貌會很麻煩。」康斯淡淡地說，平靜得就像只是在與夏思思開一個無傷大雅的玩笑。

然而以夏思思對康斯的了解，她當然不會認為對方會無聊到在這種時候說笑。雖然不知道這些傢伙為什麼特意要引來守衛，但少女還是很合作地立即披上斗篷。她可不希望自己的勇者身分沒引起騷動，卻因為綁架而變得聲名大噪！

看見夏思思合作，眾傭兵皆鬆了口氣。

當少女把自己包裹得密密實實後，芙麗曼便在眾人身上纏上風系魔法，輕輕鬆鬆地掠上了高高的圍牆。

在眾人皆安然離開圍牆的範圍後，負責斷後的伊達往石牆摔出一個雞蛋大小的玻璃球。夏思思立即感到一陣猛烈的魔法波動，平平無奇的圍牆竟升起足有三呎高的火焰！

「東面有狀況！」呼喊聲此起彼落，立時大部分守衛皆往夏思思他們逃走的方向追去。然而，此時眾人已經跑遠，守衛只能勉強看到六名黑衣人的背影，以及被雷倫特扛在肩膀上的希爾達。

「夫人、夫人被抓走了！」

不理會身後那些亂哄哄的嘈雜聲響，施了風系魔法的眾人幾個起落便把追上的守衛甩出老遠。夏思思甚至還有閒情逸致嘀咕：「發現入侵者後，守衛的第一句話卻不是『有刺客！保護太后！』什麼的，妳的下屬緣似乎很不好啊……」說罷，少女伸出手指，惡作劇地戳了戳希爾達昏迷的臉。

不過，戳不到兩下，少女的手便被康斯抓住了。

把手抽回後，隨意扯下斗篷，夏思思泛起若有所思、帶有探究意味的微笑。

「我還是第一次看到綁匪如此尊重劫回來的人質呢！」

面對夏思思的話，康斯只是維持他一貫的作風，笑笑了事。

看到雷倫特把肩上的女人轉交到伊達手中，夏思思連忙擋住轉身便想帶著人質離開的伊達，道：「喂！你們這樣有點過分喔！不懂見者有分的江湖規矩嗎!?」

竟然過河拆橋！雖然她從頭到尾都沒幫上什麼忙，但看在她如此乖巧配合的份上，贖金至少也七三分帳吧……

聽到夏思思怒氣沖沖的問話，伊達也很老實地回答：「不懂。」

「……算了，剛才當我沒問。可是你就這樣把人抬走實在說不過去吧？就沒什麼要向我這個共犯交代的？」

伊達皺起眉，正要說什麼，康斯卻擺擺手阻止了他，並笑笑地反問：「那思思小姐呢？妳沒有什麼事要向我們交代嗎？」

少女聞言愣了愣，隨即看看伊達，再看看康斯，雙眼滴溜溜一轉後，便捨棄人質，轉而緊抓住康斯的衣角。

得意洋洋地看著伊達，夏思思沒有再阻止對方把希爾達帶離了。心想現在你家的隊長大人是我的人質了，還怕你會跑遠嗎？

看到夏思思的動作，就連伊達那雙素來處變不驚的雙眼，也不禁閃過一絲無奈的神色。最終男子不再理會被少女「挾持」著的康斯，身影一閃，便扛著失去意識的希爾達離去。

ch.8
同流合污

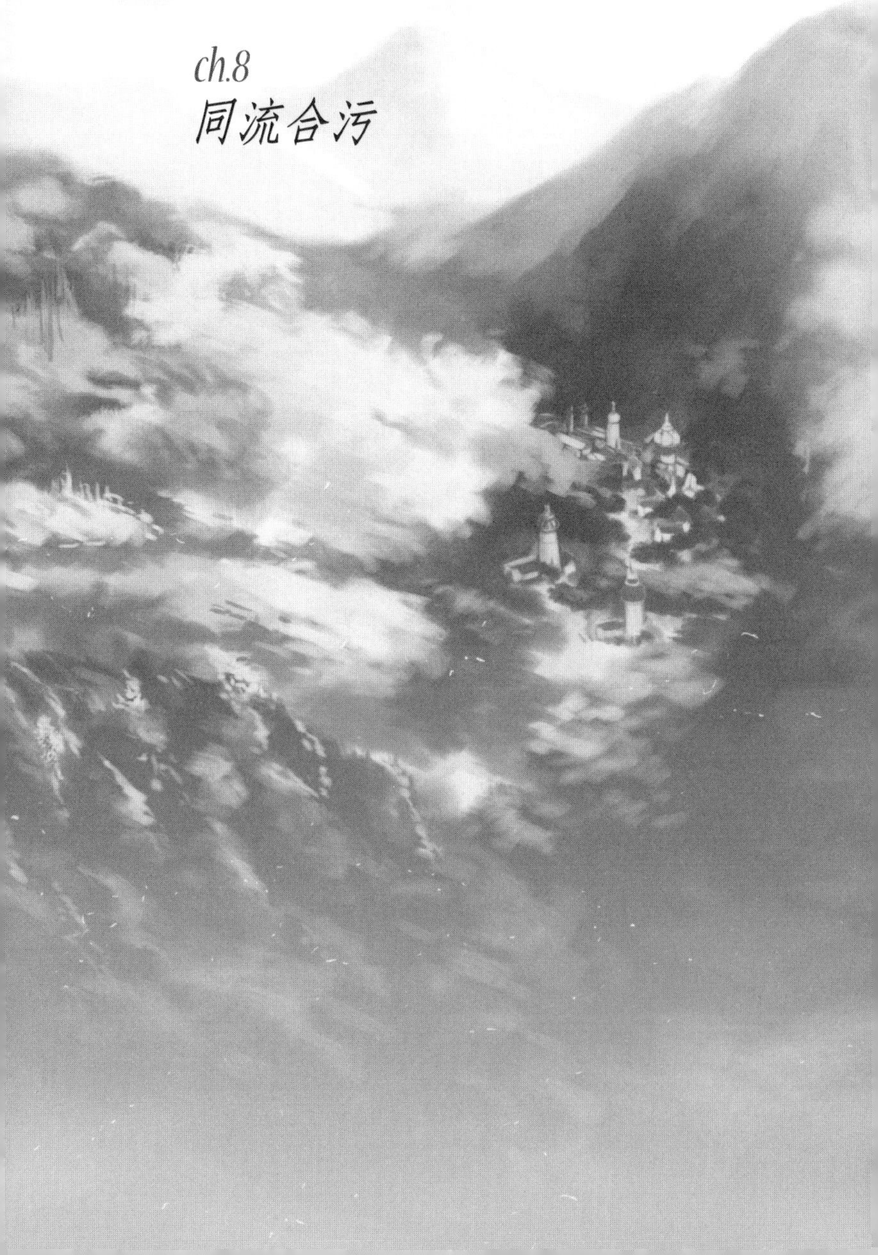

低頭看著死抓住自己衣角的夏思思，康斯哭笑不得地承諾道：「現在緋劍家應該開始搜索城中的旅館及民宅了，我們這些旅客絕對會是搜查的主要目標。若思思小姐信得過我，請先回旅館，我們明天會前來拜訪的。」

抬頭看著青年那令人心生好感的溫煦微笑，夏思思露出複雜的眼神，也不知道正思考著什麼。很快地，少女眼中精光一閃，隨之便向青年狡黠笑道：「康斯，你們這次任務的雇主是誰，我大概也能猜出一二了。」

說罷，少女便低聲說了一個名字，頓時令向來雲淡風輕的青年吃驚不已。

「妳、妳與那一位是……」

「他是我的朋友，看來我沒有猜錯呢！而且看芙麗曼他們那緊張的反應，你沒有把雇主的名字告訴他們吧？」青年驚訝的神情逗得夏思思吃吃地笑了起來。

「……既然如此，思思小姐可以放心先回旅館了吧？」雖然事情才剛剛發生，照理應該沒那麼快搜索至他們的旅館才對。可是康斯很清楚斯比蘭城的衛兵素質絕對是數一數二的，尤其衛兵長布魯斯更是個惹不得的角色。不怕一萬只怕萬一，若搜尋時被發現房間是空的，先前所做的遮掩舉動便變得白費心思了。

雖然康斯言語間仍舊溫文有禮，彷如接受過高等禮儀教育的貴族，然而夏思思仍聽出了對方話裡的迫切。

既然已獲得康斯的承諾，夏思思也就乖乖把手放開。現在即使對方反悔她也不在乎了，因爲那位幕後黑手在得知這次的綁架行動自己也有參一腳後，只怕還會反過來急著找她呢！

想到這兒，夏思思便交代道：「康斯，可以替我傳話嗎？就叫他先別急著向希爾達問話，我有辦法嚇得她把所有事情全都吐出來。還有他也太小心謹慎了吧？明明以他的身分，一句話便可以把衛兵打發掉，卻要大家花那麼多工夫來遮掩。」

聽到夏思思的一番話，即使康斯仍對少女與雇主的關係存有一絲猜疑，此刻也全都消失無蹤。

「明白了，我會替妳轉告的。那麼思思小姐居住的旅館是？」

「廣場旁的馬可旅館，大門前有一個黃色的花圃，很容易找的。」

夏思思的話才剛說完，立即換來奧克德的驚呼：「馬可旅館？那不正是我們投宿的那間嗎？等等！該不會先前店主所說的那個與我們同住在二樓的少女就是思思妳吧？」

「我的確是租住了二樓的房間沒錯……」夏思思也呆了，她與這個團體還眞不是普通有緣耶！

說來說去，原來大家根本就是要回到同一個地方。於是再次與傭兵共同行動的夏思思也樂得什麼都不幹，放鬆全身讓芙麗曼的風系魔法帶著走。

就如同她身上的元素精靈一樣，如非必要，夏思思並不想讓任何人知道她懂得水遁的技巧。

被芙麗曼在腳踝位置加持了兩個小旋風後，夏思思感到雙腿就像各自安裝了一個小小的推進器，輕輕一跨即躍出好幾步的距離，而且不留痕跡。於是一行五人很快就看到了他們的目的地——馬可旅館。

「該死！」雷倫特咒罵了聲，隨即一手把身旁的夏思思拖進旅館旁邊的叢林。被男子的動作嚇了一跳，少女還沒來得及驚呼，一隻有力的手便已把她的嘴巴摀住，耳邊傳來奧克德低沉的警告：「噓！是斯比蘭城的衛兵，別出聲。」

聽到奧克德的話，夏思思立即安靜下來，並且好奇地從草叢中偷偷往那些正與店長說話的士兵看去。

也許爲了擴大搜索範圍，衛兵被分散成只有十多人的小團隊。雖然摸上門來的士兵人數並不多，可是滿身的剽悍氣息在在顯示著這些人全都是驍勇善戰的菁英。即使能把這些人打倒，卻不能做得無聲無息的話，只怕下一秒會引來更多敵人。

康斯也爲難地皺起眉，顯然他們也沒辦法在不驚擾任何人的狀況下，把這些衛兵放倒。

「怎麼辦？若是被這些人發現我們的房間沒人的話……」芙麗曼不知所措地說著。

看到店主與領頭的衛兵交談了數句後，便合作放行，康斯輕輕嘆了口氣，道：「竟然那麼快便開始搜索旅館與餐館了，眞不能小看斯比蘭城的衛兵團，現在潛進房間必定會引起他們的注意，到時候只會是自投羅網。想不到他們的效率這麼高，這次是我們失算了。先前的布局雖然有點可惜，但還是先撤退吧！」

就在眾人正要退去之際，本以爲早已成定局的狀況卻忽然有了轉機。

「小心！是妖獸！」隨著其中一名衛兵高聲警告，一道美麗的紫藍色魔焰猛然於人群中炸開。隨即一波又一波就像是場煙火秀似地，將夜空染上片片火光，炫目異常。

魔焰的源頭是一頭通體漆黑的妖獸。黑豹的外型，尾部燃燒著紫藍魔焰，金色的眸子滿載狡黠。妖獸強而有力的四肢輕巧一蹬，以令人咋舌的速度轉身鑽進遍布城鎮的曲折小巷。

「小妖？」喃喃自語的夏思思，沒有漏掉黑豹在轉身的瞬間，金色的獸瞳有意無意往自己的方向瞄了一眼。

難道這小傢伙是特意來替自己解圍的？等等！她記得自己把小妖用繩子綁住後才離開的；而且先前牠明明只有巴掌大小，怎麼一會兒不見，小貓兒便變成了足以讓一個成人騎在背上的大黑豹？

難怪別人總說小孩子大得快，隔一天便會換個樣子……

「快追！別讓牠跑掉！」擔心居民的安危，衛兵們立即放下搜索工作，紛紛拔出了劍，往魔族逃跑的方向追去。康斯等人當然不會放過眼前的大好機會，立即乘著纏繞於腳踝上的旋風，用力一躍各自返回房裡。

當夏思思從大開的窗戶返回房間後，頓時整個人囧掉了。

那條用來綁住小妖的麻繩，彷彿在嘲笑少女的天眞般，完好無缺地靜靜躺於地上。

小妖這個小傢伙既沒用抓的也沒用咬的，竟然直接打開麻繩上的死結逃走！

這頭妖獸到底有多聰明啊……

正想著那神奇的小妖，一陣「啪卡啪卡」的聲音打斷了少女的思緒。夏思思回首一看，正是恢復成小貓身軀的小妖用前肢敲打著關上的木窗。

面對小黑貓委屈的眼神，少女心虛地乾笑了幾聲，道：「抱歉，一時順手而已。」便立即把窗戶打開。看著躍進來的嬌小身影，夏思思略微驚訝後，並沒有大驚小怪地追根究柢，只是有點惋惜地嘀咕道：「你怎麼又縮水了啊……」

不再理會那拚命纏在腳邊撒嬌的小妖獸，夏思思迅速把地上的繩索胡亂塞進床底，脫下沾上不少泥巴的外衣及鞋子後，便開門往外跑。

「做戲做全套吧！」如此想著的夏思思，嘴角緩緩勾起狡詐的弧度。卻在遇上旅店的員工時，立即換上一副驚惶失措的神情，道：「我剛才聽見好大的聲響！發生什麼事了？」

乖巧地留於房間中的小妖在聽到夏思思的呼叫聲，以及旅店員工慌亂安撫著少女的聲音時，很人性化地翻了個大大的白眼，隨即打了個呵欠，蜷縮在柔軟的床上沉沉睡去。

□

爲免造成恐慌，緋劍家族隱瞞了希爾達被綁架，以及城內有妖獸出沒等事情。可是城衛軍的搜查行動及城中若有似無的緊張氣氛，還是感染到一些較爲敏感的居民，以致街道的行人流量明顯減少了足足一半。一時間人人自危，都在猜測著昨晚那幾聲巨響的來歷。

眾說紛紜之際，緋劍家那名令人敬畏的小小伯爵，斯比蘭城的領主奧汀，竟然親自加入了這次的搜查！

由緋劍伯爵親自出動，足見城中必定發生了大事！

無視四周的竊竊私語，奧汀親自上陣指揮策劃。不少好奇心旺盛的居民皆遠遠尾隨城衛兵身後，想看看能不能打聽出什麼有用的情報。對於這狀況，奧汀並沒有多加理會，只要不阻礙他們找人，便不去驅逐也沒有阻止，以致愈來愈多人群跑過來看熱鬧，無形中增添了被問話的旅客不少壓力。

可是這些看熱鬧的人群很快便失望了。因爲奧汀每次都只問了一句：「昨晚有沒有進入緋劍家大宅？」根本無法打探發生過什麼事，一些思路較爲清晰的人也只能從這些隻字片語中猜測，也許是緋劍家遭小偷入屋盜竊而已。

城中的旅館不多，很快奧汀便率領著一眾城衛兵，浩浩蕩蕩地光臨夏思思所住的旅館。

衛兵隊長布魯斯是個外表高大粗獷，然而卻有著與外表相反、細膩觀察力與思維的男子。只見他俯身向奧汀輕聲說道：「昨晚我們搜查這間旅館時，忽然遭一頭豹形妖獸攻擊。雖然看似巧合，可是我總覺得事情並不尋常。而且當時那頭妖獸並沒有認真攻擊，把我們引離旅館後就迅速逃離了。」

奧汀聞言後，一臉老成持重地皺起眉，屬於孩童的嗓音卻自有一股威嚴感，「你是想說那頭妖獸故意引衛兵離開？但低階魔族是沒有思想的。」

布魯斯有點不好意思地搔了搔頭，道：「我也知道，可是我總是覺得那頭妖獸有點奇怪……大概是我的錯覺吧！」

奧汀微微一笑，那雙美麗的緋色眸子閃過一陣讚賞神色，可是嘴巴卻說道：「也許是妖獸出現的時機過於巧合，以致你想多了。」

「呵，那應該是了。仔細想想，只不過是頭豹形的低階妖獸，哪會懂得耍什麼手段呢？」

奧汀看到對方被他三言兩語便輕易說服，不禁感到一陣好笑，臉上卻仍是不動聲色地保持著嚴肅的貴族嘴臉。心想布魯斯雖然直覺敏銳，而且觀察入微，可是性格卻大而化之，實在是好唬得很。

有奧汀出面，店主二話不說，便請出所有居住在旅館的旅客接受調查。而孩子的詢問過程也很客氣，只詢問一句話便結束，沒有耽誤大家多少時間。因此旅客不但沒有感到絲毫不滿，甚至還因爲能近距離接近傳說中的緋劍伯爵而興奮得很。

只是在興奮之餘，眾人也大惑不解，奧汀這樣沒頭沒尾的一句話到底能問出什麼了？

夏思思當然知道緋劍伯爵的能耐，擁有能看破謊言的力量，奧汀從這簡單的一句話，便能輕易知悉對方到底有沒有參與昨晚的行動。

即使如此，在面對這個母親被他們綁架的兒子時，夏思思卻沒有絲毫心虛膽怯，以再自然不過的神情平淡地面對奧汀的提問。

沒有飛撲過去的擁抱，沒有一聲聲令孩子異常火大的「親愛的」，夏思思這種處處透露著陌生的表現，若被熟知少女與孩子關係的奈伊等人看到，必定讓他們驚訝得下巴都會掉下來。

兩人完全就像初次見面的陌生人般，很有默契地裝作互不認識。

「抱歉打擾各位，大家只要回答我一個問題就可以了。」雙眼掃過所有居住於旅館的客人，孩子直截了當地詢問：「各位昨晚有沒有進入緋劍家大宅？」

臉上沒有任何多餘的表情，身為共犯的夏思思，以及一眾傭兵面不改色地冷靜回答：「沒有。」

以奧汀的緋色之血，夏思思可以百分之百肯定孩子絕對已知曉他們一行人正在說謊。可是少女全然沒有任何擔憂，只因她早就猜到康斯這群傭兵的雇主、綁架緋劍家女主人的幕後黑手，根本就是希爾達的親生兒子奧汀！

其實夏思思起初也只是猜測，畢竟有誰會想到身爲兒子的奧汀竟會綁架自己的母親？何況以奧汀嚴肅公正的性格，也很難讓人聯想出他會做出如此荒唐的事情。

夏思思之所以會聯想到，主要是因爲她實在太了解康斯他們了。這幾名傭兵雖說不上是聖人，但絕對稱得上是君子。無論怎麼看，也不像是些會爲了金錢而接下綁架任務的人。

於是少女便想，會不會是有什麼隱情呢？例如康斯他知道身爲人質的希爾達絕對不會受到傷害，又或是他知道這個任務的背後有著很正當的理由與原因……

思前想後，得出的結論就只有下達任務的人正是緋劍家家主的可能性！

這個想法也許很瘋狂，可是夏思思深知奧汀從沒放棄過尋找他的異母兄姊。若說孩子乾脆豁出去，想要以威嚇的方法逼迫母親說出眞相，也不是不可能的事情。

直至當夏思思開玩笑地以手指戳希爾達的臉，身爲綁匪的康斯卻緊張地阻止自己時，少女已幾乎確定自己所料不差。

果然，明明應該早就看穿他們謊言的奧汀，此刻就只是看了看他們什麼也不說，讓一眾綁架他母親的綁匪輕輕鬆鬆地逍遙法外。顯然伯爵大人特意過來的目的不是要抓捕犯人，而是爲他們這些共犯洗脫嫌疑。

布魯斯一雙銳利的眼睛來回掃視眼前的旅客，這位敏銳的城衛軍隊長總覺得眼前這群年輕人給他一種似曾相識的感覺。然而仔細一想人數卻又不對，當時從緋劍家逃出的綁匪共有六人，然而此刻站在眼前的卻是一名單身的少女，以及一行四人的團體。根據老闆的口供，他們是各自前來投宿的，彼此並不認識。

而最重要的一點，就是伯爵大人的能力是絕不可能出錯的。因此布魯斯雖有所懷疑，但仍沒有多說什麼。

把衛兵打發掉以後，眾人回到各自房間，不久，充斥著淡淡水氣的魔法元素便包裹了眾人所在的整個樓層，正是夏思思於西方森林旅行時，閒極無聊所研創出來的聲音魔法。

只見少女側了側頭，彷彿在凝神傾聽著什麼，隨即淡淡一笑便把魔力收回。低頭看了看正在追自己尾巴追得不亦樂乎的小妖，夏思思的嘴角緩緩勾起一個邪惡的笑容。

不久，小睡了片刻的夏思思緩緩步出房間。小妖哀怨無比地低頭看著脖子上那個複雜無比的死結，不滿地「咪咪」叫著。

見到小妖忿忿不平的樣子，夏思思露出惡劣的笑容，道：「這樣子看你怎樣掙脫，寵物就是要乖乖留下來看家的嘛！」

□

康斯他們很小心謹慎，少女循著芙麗曼留下來的微弱魔力，東拐西拐地走了大半小時的路以後，才總算遇上領路的伊達。

對於伊達這個兩次用劍指住自己的男子，夏思思實在充滿了好奇。伊達在傭兵團中總是若有似無地與其他人保持一種距離，就少女的觀察所得，與其說他是這個團隊的成員，不如說這名男子是康斯的直屬手下來得貼切。

而相比伊達，康斯就更加神祕了。從他的舉止氣度來看，怎樣看也不像尋常的傭兵。

同樣地，伊達對於夏思思的好奇絕不比少女少。他早就猜測夏思思的身分並不簡單，本以為少女是有目的地混進來阻撓他們這次行動的人，可是她卻又莫名其妙地成了綁架的共犯。事後更驚悉夏思思竟是奧汀的朋友，令他愈來愈搞不清楚少女的身分及目的。

同行的兩人雖然各有各的想法，然而他們一個是沉默寡言的悶葫蘆，一個是多一事不如少一事的懶鬼，雖然心裡存著滿滿的好奇，但一路上竟也相安無事，完全沒出現任何對對方身分旁敲側擊的舉動。

在伊達的帶領下，夏思思很快來到了一間簡陋的小木屋前。

打開木門往內走，屋內的奧汀及傭兵們全都是熟面孔了。夏思思也不避諱，劈頭就是一句：「希爾達呢？」

「母親在木屋裡，芙麗曼施了個小魔法讓她暫時沉睡。」奧汀回答道。一旁的芙麗曼等人仍舊一臉不可思議地偷瞄著奧汀，顯然至今仍無法從「雇主是人質兒子」這種衝擊中回復過來。

雖然接任務時，康斯向他們確保了希爾達的安全，並坦言任務內容有隱情，而他們本著對團長的信任也沒有多問，但誰會想到派下任務的雇主竟是奧汀大人啊!?

「親～愛～的～」不理會仍舊一臉糾結的芙麗曼等人，夏思思以拖得長長的肉麻語調呼喚著她的親愛的，隨即便整個人往孩子身上撲過去。

即使穩重如奧汀，也不禁嘴角抽搐了一下，滿臉黑線地拚命往外閃。

全程目擊了緋劍伯爵被夏思思調戲的整個過程，傭兵們無不把眼睛睜得大大的，生怕漏看任何足以成爲他們茶餘飯後話題的精彩情節。

同時眾人皆不約而同地在內心吶喊——竟然連緋劍伯爵奧汀也膽敢調戲，夏思思到底是什麼人啊啊啊呀!?

唉！好奇啊……

最終，奧汀仍是逃不過夏思思的魔掌，被少女一把扯進懷裡上下其手。然而孩子對夏思思的容忍度實在出乎眾傭兵預料地高，雖然不悅地皺起眉，但仍是努力忍耐著打人的衝動。

掙扎了幾下，發現夏思思暫時沒有放手的意思，被少女困在懷中的奧汀也就自暴自棄地由她了。只見孩子仰起一張精緻的臉，美麗的緋色眼眸筆直看進夏思思的眼裡，道：「思思，妳讓康斯傳話，要求我把審問母親一事交給妳負責，是有什麼好主意嗎？」

夏思思也懂得見好就收的道理，見奧汀說起正事，頓時收起了玩鬧的神情，乖巧地回答：「嘻嘻！我當然是有好辦法才讓康斯傳話的。」

說罷，夏思思便從空間戒指中取出一顆藥丸吞下，然後向孩子俏皮地眨了眨眼睛，道：「你是想要詢問你兄長他們的事情吧？既然如此，與其讓康斯他們假扮歹徒，逼迫她說出眞相，由我來問話的效果會更好。」少女更是偷偷在心裡補上了一句：而且還更嚇人。

ch.9

護衛團

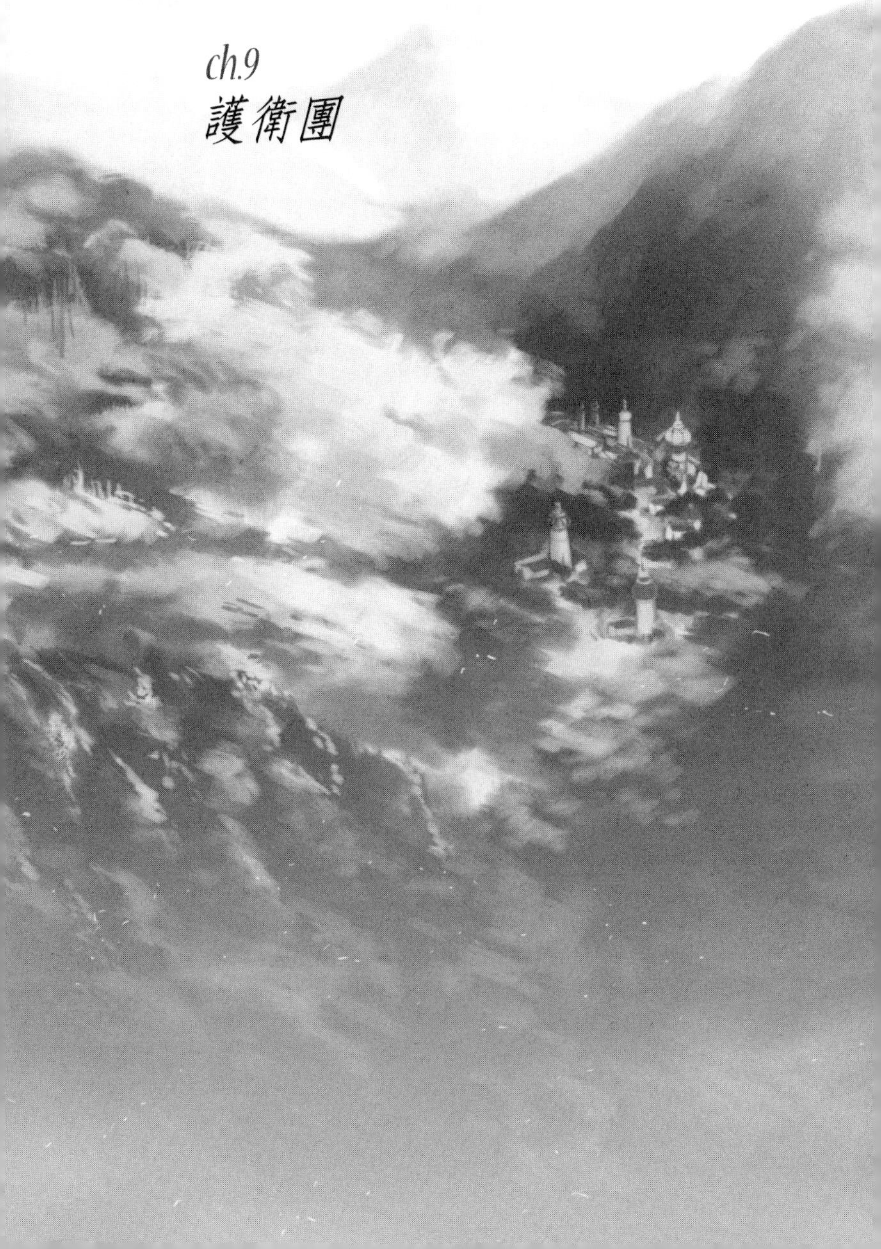

驚訝地看著夏思思轉變成一紅一綠的異色雙瞳，奧汀訝異之餘卻又猶豫起來，道：「妳是想扮成伊妮卡姊姊來問話嗎？這樣……不太好吧？」

自從於克勞德城接觸過北方賢者，並得知對方與自己的親人有所牽扯以後，奧汀便動用了所有有用的情報網，拚命搜集任何有用的資訊。他這才知道自己不但有個流落在外的兄長，更有一名半人半魔、名爲伊妮卡的姊姊，而這個素未謀面的異母姊姊，現在正與北方賢者佛洛德在一起。

也因此，奧汀知道對當年事件的眞相，他的母親還是對他有所隱瞞了。

與那名把魔血當作安胎藥騙取瓊安服用的醫生有所接觸的人，就只有奧汀的祖母，以及當時前來緋劍家探訪的希爾達。

老夫人早在數年前過世，當年的緋劍家家主卡特身處遠方，所知不多。因此現今唯一知曉詳情的，就只剩下緋劍家的女主人希爾達了。

然而，讓奧汀頭痛不已的是，也不知是出於對瓊安的嫉妒還是單純對魔族血脈的厭惡，希爾達根本不肯提起任何有關那對雙胞胎姊弟的事。女子這種不合作的態度令奧汀苦惱得不得了，偏偏對方是他的母親，她堅持不說，孩子也拿她沒奈何。

這狀況讓奧汀傷透腦筋，最終只好想出如此荒唐的計策。

奧汀很清楚母親欺善怕惡的性格，隨便安個名義再以歹徒身分來質問她的話，生命受到威脅的希爾達必定知無不言、言無不實。

若打探出事情與母親無關當然是最好的結果，萬一希爾達有什麼不對的地方，甚至她正是當年事件的幕後凶手，這種私下進行的審問也方便奧汀替她掩飾。

希爾達一直都把兒子想錯了。奧汀即使再公正嚴明但終究是個人，是人的話，總有親疏之分。更何況他還只是個孩子，大義滅親這種正義卻冷酷的事情，他怎樣也是做不出來。

至於夏思思的目的則比較單純，基本上，少女的想法與奧汀一樣，認爲直接問話，對方不會說眞話，因此特意前來裝神弄鬼一番，看看能否獲得有用的情報；而另一個主要目的就只是想嚇嚇她，替葛列格他們出口惡氣罷了。

奧汀看著夏思思那雙從黑褐色轉化爲妖艷的異色雙瞳，不用猜也知道少女要裝扮成伊妮卡回來討債了。少女這招實在既陰險又高明——使用伊妮卡的身分質問當年的事情合理得很，完全不怕對方起疑心；而且希爾達發現自己落在當年被她迫害的伊妮卡手上時，必定會被嚇得魂飛魄散，到時候看她還怎樣把話挾藏著不說！

想了想，奧汀不得不承認由夏思思出手會比他們更有效。可是為免少女玩得太過火，孩子還是決定躲藏在旁邊監視。

芙麗曼隨手一揮，解除了希爾達身上的魔法，隨即一眾傭兵全數退出屋外。他們都很有自知之明，明白夏思思在木屋內詢問的內容並不是他們所能知道的，因此全都很有默契地以在外警戒為由，退了出去。

悠悠轉醒的希爾達一時間還搞不清楚發生了什麼事，迷迷糊糊便想舉起手揉揉痠澀的眼睛，這才發現自己的雙手被人用麻繩反綁在身後。

驚惶地睜大雙眼，女子總算想起昏睡前的種種，立即瘋狂掙扎起來。

夏思思見狀，慌忙現身，少女並不是怕希爾達掙脫束縛，而是怕這位嬌生慣養的貴夫人於掙扎間弄傷自己。雖然在聽聞這個女人的眾多「光榮事蹟」後，夏思思對她實在沒多大好感，可是看在奧汀面子上，怎樣也要把對方絲毫無損地送回緋劍家才行。

「別掙扎了，愈掙扎只會纏得愈緊。」

木屋內光線很暗，夏思思又站得遠，倒臥在地上的希爾達一時間看不清對方的模樣。未知的敵人，令希爾達感到強大的壓力與恐懼，道：「妳……妳是誰？」

詢問了聲，希爾達這才發現對方沒有封住自己的嘴巴，於是立即拚命呼救：「救命啊!!有沒有人在!?」

夏思思不禁無奈又好笑。心想既然綁匪沒有把她的嘴巴封住，就是說不論她怎樣叫都不會有人聽見。若自己眞是歹徒，希爾達這種不合作的表現不是自討苦吃嗎？

果然是個什麼都不懂、養尊處優的貴族啊……

想到這兒，夏思思生起了惡作劇的心情，故意很惡劣地說道：「叫吧！再叫大聲一點！無論妳怎樣呼喊也不會有人來救妳的！」

看到希爾達那又氣又怒又害怕的神情，夏思思實在覺得爽啊！難怪電視劇中的歹徒永遠都是這一、兩句台詞，原來說出來那麼痛快！

一不做二不休，夏思思乾脆把記得的綁匪經典台詞都說了一遍，還逕自發出變態十足的「嘿嘿嘿」魔女式經典笑聲。

「妳……到底想怎樣？」希爾達也很配合地露出惶恐不安的神情。沒辦法，誰教夏思思笑得那麼變態呢？

眼看把希爾達嚇得差不多了，夏思思便收起玩鬧的笑容，默然踏出兩步。

當希爾達看清楚夏思思的容貌——正確來說是看到那雙異色眸子後，女子震驚地倒抽口氣。若說先前她只是害怕，那現在連想死的心情都有了。

異色的眸子立即令希爾達想起那對當年被她用盡手段逼害的姊弟，現在她眞的很後悔。當然以希爾達的性格，她並不是後悔那時候加諸在雙胞胎身上的傷害，而是後悔當時不該讓那對姊弟有命離開家族。

她又怎會想到世事無常，自己有天會落在伊妮卡手上呢？

雖然夏思思的容貌及年紀與伊妮卡有很大差異，可是在女子心目中，那個雙胞胎姊姊本就是個怪物，誰又能預料一頭怪物這些年來能有多少變化？何況小女孩的異色眼眸實在太令她深刻了，一看到這對可說是標誌的異色瞳孔時，希爾達完全沒有懷疑對方身分的眞僞。

「妳竟然沒死……」當年老夫人將孩子分別遺棄於西方與東方的極險之地，竟也沒能弄死他們，這對雙胞胎果然是一對不祥的怪物！

想不到希爾達會把話說得這麼白，夏思思也不知該說她是膽大包天還是有勇無謀了。

也許是兩者兼有吧？

一想到葛列格他們的遭遇，夏思思便心裡有氣，然而她卻沒有立即發作，只是冷冷地答道：「是的，夫人有心了。」

夏思思意有所指的一句「有心」，頓時把希爾達嚇得魂飛魄散，一時間什麼傲氣也沒了，只懂得拚命澄清道：「當年的事情全都是老夫人作主的，可不關我的事！」總而言之，把事情全部往死人身上推準沒錯！

一直躲在暗處偷聽的奧汀不禁嘆了口氣。想不到希爾達平常表現得對老夫人如此敬重，一到緊要關頭，卻把過錯全都往對方身上推。可是這女人不論怎樣也是生他、養他的母親，除了無奈嘆息外，作爲兒子的他又能拿她怎麼辦呢？

希爾達的反應正中夏思思下懷，沉下一張清秀的臉，少女裝模作樣地冷冷質疑，道：「妳說的話是眞的嗎？這次回來我就是要向緋劍家復仇。我要你們後悔當年的所作所爲，感受一下我與弟弟所承受的痛苦！」

「不！我可以解釋！所有事情都與我無關！」希爾達驚惶地尖叫。

幾乎已忍笑忍到內傷，然而夏思思依舊保持著冷若冰霜的神情。聞言，只是挑了挑眉，淡淡應了聲：「哦？」

不用少女詢問，希爾達便一股腦兒地把所有知道的事情全盤托出。短短十分鐘內，夏思思以及藏起來的奧汀便如願了解到事情的來龍去脈，甚至遠比他們所期望的更加詳盡。

當然故事的版本希爾達絕對有更改過，她不停強調自己有多同情、多擔心那對姊弟，還有那些爲了拯救雙胞胎而與老夫人爭吵抗爭等等的感人情節，不用想也知道是假的，這個女人不落井下石已是奇蹟，誰相信她會替雙胞胎說好話？

不過看她那麼賣力表演，夏思思倒也不忍說破。只是不得不佩服希爾達還眞不是普通的怕死，果然人在生命受到威脅時，什麼鬼話也說得出來！

撇開那些加添上的溫馨劇情，以及虛構出來的悲天憫人，希爾達所說的故事倒聽得出至少有一大半都是老實話。夏思思與奧汀也是聰明人，從女子的陳述裡，已經對當年的事情有了八、九分的了解。

屋外五名傭兵很是盡責地警戒著，五人默契十足地分散開來，保證所站立的位置能掌握四面八方的所有狀況，任何一絲風吹草動也別想要瞞得過康斯等人。

夏思思與奧汀進入木屋的時間不算短，但也說不上很長，約半小時左右，眾人便見結束問話的兩人從木屋步出。傭兵們並不知他們在木屋裡與希爾達做了什麼、談了什麼，也沒有詢問的打算。奧汀發出任務時，曾向康斯略微交代過他正在尋找同父異母的兄姊，因此眾人也猜得出木屋裡的談話內容是緋劍家的機密，說不定還涉及立嫡的鬥爭。

雖說希爾達說的話很可能是緋劍家的機密，但自始至終奧汀與夏思思都沒有在木屋四周設置任何防止別人偷聽或接近的魔法。對他們的信任，一眾傭兵雖然沒有說出口，但全都在心裡暗暗感激。

雷倫特是個直腸子，脫口便是一句：「思思妳是緋劍家族的人？」

能夠參與奧汀的行動，且光明正大窺探緋劍家的祕密，雷倫特認爲夏思思與緋劍家族的關係絕對非比尋常。

「呵，我不是緋劍家的人。」然而這個猜測不到一秒就被夏思思直截了當地否定了。

夏思思說的是實話，不過雷倫特可不相信，他認爲對方只是不願明說而已。但看到夏思思想也不想便出聲否定，男子也就識趣地沒有繼續追問下去，可是內心卻已把少女與緋劍家畫上等號。

夏思思並不在乎雷倫特相不相信她所說的話，看少女不作解釋，奧汀也就沒有出言澄清夏思思的勇者身分。免得看起來像是想急於與少女劃清關係似地，萬一引起什麼誤會，或者令夏思思感到不快就不好了。

「芙麗曼，這令牌給妳，讓母親沉睡後，就把她送回大宅吧！若別人問起，就說你們是我的心腹，是我讓你們去救人的。事成以後，這令牌也不用歸還給我了，算是我送給你們的小禮物。」說罷，奧汀便遞上一面小小、刻有一柄緋劍的銀色令牌。

聽到孩子前半段的話時，芙麗曼不禁悶笑不已，心想你沒有聘用我們來救人，聘用我們來劫人倒是眞的。然而聽到後半段的話後，女子猛然睜大雙眼，滿臉無法置信。

清楚知道這枚令牌的珍貴，芙麗曼慌忙小心翼翼地把它收起，一張美艷無比的臉龐也因興奮而染上了漂亮的紅暈。

「奧汀，我也要！」雖然不知道這片小小的銀色牌子有什麼用，可是看傭兵的反應便知道是好東西，夏思思連忙伸手向奧汀討了一塊。

奧汀挑挑眉，道：「妳要來也沒用。憑妳的身分還用得上緋劍家的令牌嗎？」眾人相顧駭然。雖然早就猜測夏思思的身分不簡單，然而聽奧汀剛才的語氣，少女的身分竟比緋劍伯爵的奧汀還要高上幾分？

剛剛還肯定夏思思是屬於緋劍一族的雷倫特，聞言後信心立即動搖了……

「我不管！這一定是好東西，而且我和康斯他們可是共犯，分贓的時候怎能不計我那一份!?」

想不到這種分贓的話題夏思思竟能說得如此光明正大，奧汀也只能苦笑以對。

夏思思並不是要緋劍家的令牌來做什麼，只是懷著「人有我有」的心態而已。既然少女堅持，奧汀也就順著她給了她一枚。

把玩著到手的令牌，夏思思興致勃勃地詢問道：「這東西有什麼用處？」

眾傭兵一個踉蹌差點摔倒在地，心想妳連這是什麼也不知道，那剛才如此賣力去爭取只是為了好玩嗎？

芙麗曼興高采烈地解釋道：「只要手握令牌，便代表了緋劍家家主心腹部下的身分。除了在斯比蘭城內暢通無阻以外，其他地區的領主以及貴族也會對手持令牌的人提供協助。」

即使在緋劍家族中，有幸能獲得這些令牌的人也不多。康斯他們本就不是奧汀的部下，卻獲贈了一面令牌，也難怪他們如此興奮激動了。

對方的話就像盆冷水淋下來，立即讓夏思思興致全無。確實如奧汀所說般，這令牌在她的手上根本毫無用處。真要指使威嚇別人的話，用自己的勇者身分就可以了，哪用得著借用緋劍家的面子？

對於分贓的結果很不滿意，夏思思再度把視線投往奧汀身上，詭異的目光就像是野狼緊盯著一頭小綿羊。

只見少女甜甜一笑後，便向奧汀招了招手道：「親愛的，過來一下。」

面對夏思思的笑容，奧汀打了一個寒噤。不自覺退後幾步後，孩子忽然喊了聲：「黑麒！」

一名穿著黑色勁裝的男子平空出現，向目瞪口呆的夏思思禮貌地點頭示意以後，便抱起孩子瞬間消失無蹤。

面對夏思思，奧汀就算惹不起，難道還躲不起嗎？

想不到一時不慎，便被孩子在眼皮下溜走，恨得少女跺了跺腳，怒氣沖沖地連呼可惡。

逕自飆了好一會兒，夏思思霍地轉身走到了康斯的面前，道：「成功綁架了希爾達，你們的任務算是完成了吧？」

不知少女如此詢問有何用意，康斯仍是如實回答：「是的。」

筆直地看進對方眼裡，夏思思打量了對方一會兒，便笑問：「你們有沒有興趣接一個新任務呢？報酬高、福利好，而且絕對會很好玩。」

「思思小姐是想聘用我們嗎？」

「對對！我想到王城去，卻不知該怎麼走。」早就有了自己是路痴的自覺，夏思思坦然說出自己的困擾。

康斯淡淡一笑。他很欣賞少女的態度，不擅長就是不擅長，不像有些人死要面子，不懂卻硬要裝懂。

「如果是這個問題的話，思思小姐妳在斯比蘭城這兒應該可以聘請到不少出色的導遊，價錢要比聘用傭兵實惠得多。」

「我怕啊！距離王城的路途遙遠，途中也不知會遇上什麼。聘用你們除了當導遊，還可以當保鑣嘛！」基本上，夏思思所說的都是實話，可是最主要的原因是因爲這些傭兵和她滿投緣的。

既然要一起旅行，那當然就要選一些看得順眼的人！

「妳怕？」雷倫特表情古怪地反問了聲。想到在西方森林時，少女所使出的手段，他倒是很懷疑誰惹得起她。

康斯顯然也是相同心思。何況夏思思給他的印象雖然不錯，可是對方的背景太神祕了，他並不想介入得太深。青年正想要拒絕，夏思思卻搶著笑道：「既然需要各位帶路，這段時間我會把前往王城的地圖交給大家保管。」

赤裸裸的誘惑！可是康斯的意志力可不一般，道：「思思小姐……」

「當然，你們可以隨意把這些地圖複製下來。」

耳邊傳來好幾聲呑口水的聲音，芙麗曼的雙眼更變成了兩枚金光閃閃的金幣。

康斯有些動搖了，但仍決定拒絕，道：「思思……」

「說起來，瑪麗亞送給我的鍊金製品，我也可以借給你們研究喔！」

頓時，眾人的口水立即嘩啦嘩啦地流下來。康斯不禁懷疑，若自己還是要拒絕，會不會被這些同伴撕成碎片？

嘆了口氣，最終康斯苦笑著伸出了手，道：「我明白了，由現在起直至到達王城為止，思思小姐妳便是我們的雇主。請多指教。」

與康斯握了握手，夏思思滿意地笑了。

然而，下一秒，夏思思便再也笑不出來。

「呃……可能是我太累了吧！哈哈！我竟然看到小妖在眼前一閃而過……」雖

然嘴巴上說是幻覺，可是夏思思卻硬是扭開了頭，不去看小妖的所在位置，明顯在逃避現實。

「……我想這不是幻覺，因爲我也看到了。」康斯面無表情地說道。

「眞的是小妖!?」難以置信地用力揉了揉眼睛，夏思思上前把小黑貓抱起，兩雙眼睛正不斷大眼瞪小眼。「那麼複雜的死結你也能解開？不對！你怎會知道我在這兒？眞是見鬼了！」

夏思思所不知道的是，小妖是吸收她的血液與魔力重生的，因此他們的關係可謂非常親密，並且有著神奇的聯繫。

這種關係是雙向的，若少女有心，她也能在遠處感應到小妖的存在，只是此刻的夏思思還不知道這一點。

瞇起眼睛「咪」了聲，小妖逕自跳進夏思思的懷裡找了個舒服的位置，心滿意足地放軟身子，一臉昏昏欲睡。

「喂喂……」

難得看到少女吃癟的樣子，傭兵皆悶笑不已。

□

把再次陷入沉睡的希爾達交託給雷倫特送回大宅，芙麗曼向少女露出燦爛至極的笑容，道：「思思，既然現在我們是主僱關係了，那是不是該……」只見女子的雙手不自覺地搓了搓，一副無良奸商的模樣，與她那張美艷動人的臉龐實在不搭得很。

被對方過於燦爛的笑容閃到，夏思思慌忙做出個遮擋陽光的動作，就連伊達見狀，也忍俊不禁地翹起了嘴角。

只見夏思思揮手間便把一疊厚厚的地圖從空間戒指中取出，芙麗曼立即迫不及待地把這些寶貝接過去，就差沒有狠吻手中的地圖幾下。

至於鍊金製品夏思思並沒有一併取出，也不是說信不過康斯等人，只是少女習慣任何事情都要先留一手。

看到芙麗曼的反應，康斯不禁搖了搖頭。傭兵大都不那麼著重錢財，不然也不會選擇四海爲家、到處冒險的流浪生活了。除了芙麗曼，他還眞的沒看過如此貪財的傭兵。

在安普洛西亞王國中，法師並不多，因而魔法師全都是貴族及軍隊爭相聘請的對象。芙麗曼正好是個實力不錯的魔法師，可以說，有著一身本領的她，根本就不愁生活。康斯實在不明白女子爲何如此看重這些身外之物，並且珍若性命。

他們重視夏思思手中的地圖，是因爲這些東西在冒險中是珍貴的必需品。但芙麗曼不同，她顯然比較想複製出地圖以後賣出去賺錢。

芙麗曼雖然貪財，但行事絕不過火。把手中地圖粗略看了一遍後，女子便抽出其中一幅，並指著上面的資訊向夏思思解說道：「我們現在身處的斯比蘭城在這兒，前往王城最快的路線有兩條。一條是跨越山脈，並途經矮人族地下城市的路線；另一條則是直線往這個方向走，會途經數個小領地，以及巨人族的領地利奧波德。思思想要走哪條路線？」

不用細想，早就走厭了山林路線的夏思思立即回答：「走第二條路線，會經過很多城鎮那條！」

芙麗曼向康斯投以一個疑問的眼神，青年微微頷首，道：「也好，城鎮比走野外路線安全。」

聞言，芙麗曼不禁感到一陣失望，矮人族擅長工藝，出自矮人之手的工藝品往往能賣出高昂的價格，若夏思思選擇第一條路線的話，芙麗曼便能順道與矮人進行交易了。

不過，想到地圖所帶來的利益，芙麗曼便精神一振，對於這小小的遺憾馬上就釋然了。

選好了路線後，夏思思便不作久留，決定離開斯比蘭城繼續下一段旅途。

不滿奧汀就這樣子溜掉，少女賭氣之下，決定不告而別。

雖然已把希爾達交還給緋劍家族，可是康斯向來處事小心謹慎。眾人依照當日投宿的順序分批出城，一點也沒有因任務結束而鬆懈下來。

也全仗他們的謹慎，這才躲過了一個出乎意料的大麻煩。

斯比蘭城的城衛軍長布魯斯早就在搜查時注意到這幾名年輕人，後來更無意中得知把希爾達送回緋劍家的人，正是其中一名他所關注的可疑旅客——雷倫特。雖然對方手持令牌，而奧汀也證實他是自己在外的親信，可是敏銳的布魯斯總覺得事有蹊蹺。

因此得知夏思思他們退房後，布魯斯便留了心，卻失望地發現這些人是分批離開的，也就終於死了這條心，認為一切果真如奧汀所說，是自己想太多了。

糊里糊塗地躲過一劫，完全不知內情的夏思思，出城後便抱著小妖向集合地點前進。

知道少女一進入森林便會變成路痴，康斯很體貼地沒有把集合地點定得太遠。偏偏夏思思仍是在樹林間團團轉，找來找去也找不到青年所說的大石頭。

最令夏思思感到丟臉的是，就在她第五次莫名其妙轉回原地時，一臉不耐煩的小妖忽然從少女懷裡跳往地上，隨即竟肩負起帶路的重任。而且領著她輕輕鬆鬆只轉了兩個彎角，集合點的指標——巨大的白色大石便出現在眼前。

想不到自己的認路能力竟連一隻貓也不如，身為主人的思思，臉上不禁火辣辣地紅了起來。

比少女晚了半小時出城的傭兵已全數於大石旁等候了，見夏思思姍姍來遲，奧克德打趣地說道：「喔！來了來了！思思妳再不過來，我們便以爲這點距離妳也能迷路呢！」

少女聞言，乾笑數聲道：「哈哈！怎麼可能呢！」

此刻，夏思思不得不感激自己有隻可靠的寵物，不然這次眞的丟臉丟大了……

ch.10

巨人之城利奧波德

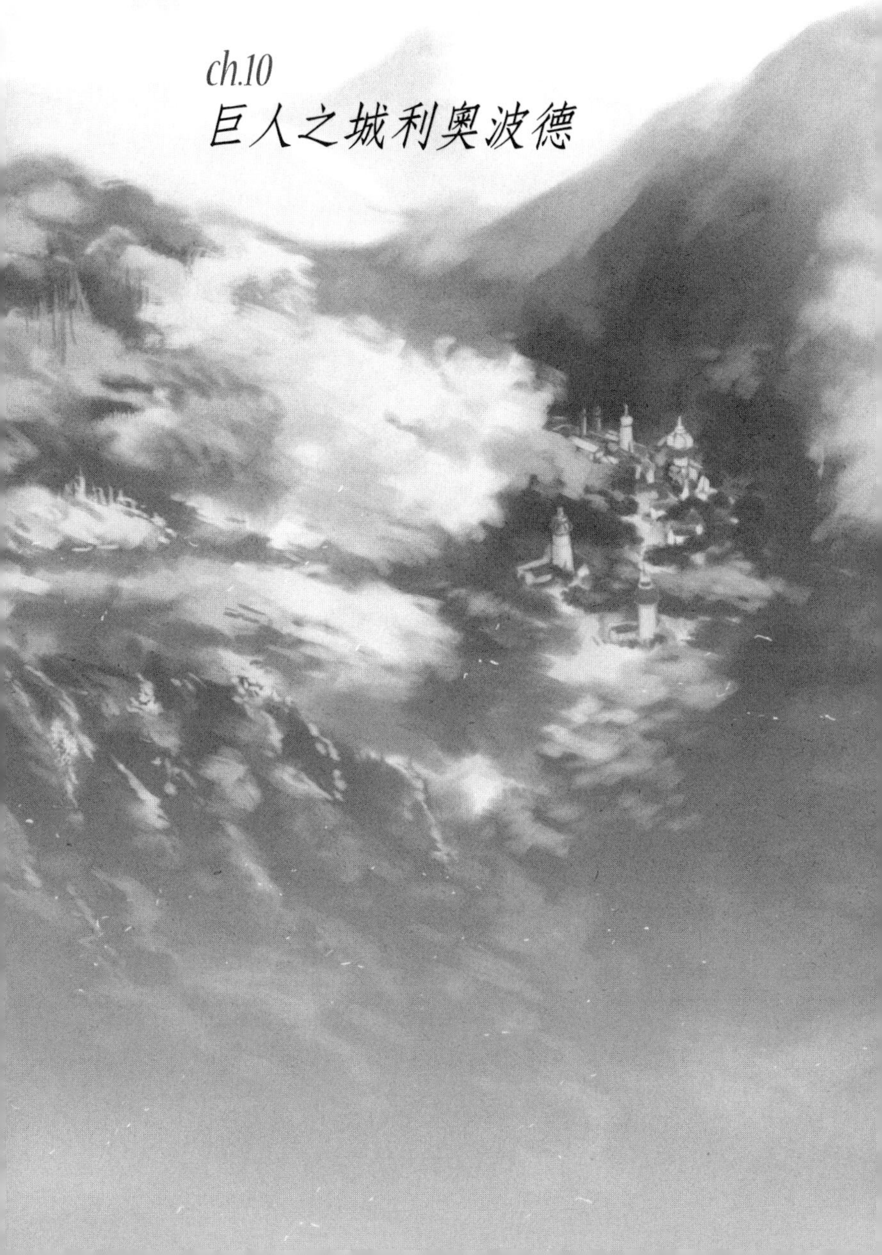

有了傭兵的照顧，夏思思彷彿回到從前與埃德加他們一起旅行時，那種有人帶、有人寵、有人替她出頭的悠閒日子。而且不會有人老是提醒她「勇者」身分，也不會被叨唸著要她學習劍術。

自由的空氣眞好啊！

不過夏思思也很清楚這種自由的感覺享受一下就好，絕不能沉迷其中。她固然能夠一走了之，可將來闇之神衝破封印復活的話，她這個勇者是絕對不會有好下場的。

夏思思之所以離家出走，除了如信中所說，要爭取一個假期以外，主要便是爲免希爾達的事情讓埃德加他們這些聖騎士爲難。現在目的已經達成，少女自然會乖乖返回王城與同伴會合，這段路途便放鬆心情當作放假了。

懷著放假的輕鬆心情，夏思思來到巨人族的領地利奧波德。

一踏進利奧波德，少女彷如進入小說裡的巨人國度。無論是房子、街道上的路標，甚至小如路邊的垃圾桶，體積全都大得驚人。

雖然這裡的巨人族體型並沒有地球那些奇幻小說所形容的那麼誇張——至少手不能頂天，腳也無法裂地。然而一個成年的男性巨人至少有十呎（約三百公分）的高度，即使沒有暴龍那麼巨大，也稱得上是頭巨熊了，對於只比五呎多一些的夏思來說，眼前的巨人族就像一座座高山般讓她只能仰望。

巨人族並不排外，城鎮中也住有不少人類。居住在這座城市的人類由於不忌諱與巨人族通婚的關係，這些人或多或少也流有巨人族的血統。雖然沒有像巨人族般壯健，但身高也保持在七、八呎以上。

揉了揉抬得痠痛的脖子，夏思思喃喃自語：「人類呢？不是說這裡是巨人與人類混合居住的城鎮嗎？人類在哪兒？」

「妳說什麼啊？不是滿街都是人類嗎？」雷倫特用下巴指了指街道上川流不息的人潮。

「你確定他們是人類？不是巨熊或大猩猩？」

「……」

利奧波德是個自給自足、崇尚武力的城鎮。天生神力的居民憑著先天的優勢，以獵殺各種珍奇猛獸與外來者進行貿易。也有少數沒有家室的居民選擇離開城鎮，組成傭兵團，又或是成爲某貴族的護衛。巨人族全都驍勇善戰，因此在外所獲得的待遇大都很不錯。

總而言之，就是一句，這是個以武力爲尊、誰的拳頭大，誰便有說話資格的地方！

雖然巨人族擅長格鬥，可是一些精細的技巧顯然就不是他們所擅長的了。這一點單看四周的建築物就可知曉。大的確是很大，宏偉也很宏偉，可是卻毫無規劃，看得出是居民胡亂劃地建築的。

房屋很簡陋地以泥磚堆砌而成，磚石間的縫隙甚至沒有用泥漿塡補，使得每到晚上，陣陣涼風便從這些縫隙透入屋裡。還好這兒的居民體格壯健，倒是對此不以爲意。

至於此處的貿易狀況就更有趣了，他們根本就懶得開設商店。所有打得獵物的居民全都是席地而坐，就這樣子在人來人往的街道上叫賣起來。而且他們全都不收取貨幣，而是選擇最原始的以物易物。

若有看中的東西，便必須以同等價值的物件交換。萬一用以交換的東西不入當地居民的眼，即使擁有金山銀礦也沒用，金幣在這個地區是沒有意義的存在。

夏思思對於這種原始感十足的交易，表現出強烈的興趣。要知道少女什麼都不缺，尤其各種亂七八糟的東西，更是霸佔了空間戒指的大部分空間。這些食之無味、棄之可惜的雞肋，夏思思正好趁機在這座城市把它用來換取一些有用的東西。

芙麗曼的興致絕不亞於夏思思。這兒到處都是寶，只要眼光獨到，光只是轉手貨物也能賺取很不錯的利潤。對她來說這可是難得一見的挖寶聖地。

販賣的貨物中，數量最多的要數獸皮等物品，其次便是一些獸類的骨骼加工品，以及當地的一些特產。夏思思對於一些稀奇古怪的骨骼製品表現出強大興趣，而最令康斯他們大開眼界的是少女用來交換的東西，其古怪程度與骨骼製品相比，可謂有過之而無不及。看著夏思思不停平空取出一些少見的玩意，巨人們無不眼花撩亂，深恨自己怎麼不多帶點東西來交易。

芙麗曼則是專門以貴重的獸皮爲目標。這些在巨人族眼中不算稀奇的野獸毛皮，製成大衣後，至少能翻上十倍的價錢。

此刻夏思思取出來與巨人交易的，是一些金色的玻璃珠子。只要把珠子放進清水內，淡而無味的清水便會立即變成香醇無比的美酒。

這些珠子出自瑪麗亞的工作室，女子是名好酒的人，因此這些酒珠子在那兒多得是。雖然夏思思不喝酒，可是看這些圓珠顏色漂亮便隨手拿了一些。反正有空間戒指在，不拿白不拿，想不到這些對少女來說沒用的東西，在這兒卻成爲人人都想要的稀世珍寶。

這次夏思思看中的是一個巨人族少年擁有的骨製杯子，手工一般，但勝在作爲材料的野獸骨頭雪白剔透，在手裡把玩時更會折射出珍珠般的瑩光。

骨杯的主人名叫阿飛，是血統純正的巨人族，雖只是個十歲的孩子，但已比夏思思高出了半個頭。在這個杯子以前，阿飛已與少女交換了幾件貨物，他覺得這名嬌小的人類少女很神祕，總能拿出一些他們沒看過的東西。而且出手也很大方，爲人一點架子都沒有，因此對她的印象還滿不錯的。

這些對夏思思來說不值一提的酒珠子，到了阿飛眼中就不同了。巨人族嗜酒，再加上這些珠子如此神奇，變出來的酒味道又香醇，絕對是難得一見的寶貝！

雙方都對貨品感到很滿意，正要交換時，一隻膚色黝黑的大掌忽然從旁伸出。夏思思一時不慎，手裡一小袋用來交易的酒珠子便被對方搶去。

突然被搶去手中貨物的夏思思不禁心頭火起，逛街得來的好心情都沒了。少女惡狠狠地瞪過去，只見搶奪珠子的是個高大強壯、滿身煞氣的黝黑巨人。其他巨人族一看到他的出現，立即抱起商品退到一旁，所有人全都低下頭，避開了這個巨人的視線，沒有人有意思站出來替她說句公道話。

夏思思早就被康斯他們告誡過利奧波德城的特點與注意事項，自然知道這是個以武力爲尊的城鎮，誰的拳頭大誰就能說話。現在少女對這一點可是深有體會了，想不到自己這麼快便遇上了想要強搶豪奪的人。

先前之所以一直相安無事，是因爲夏思思的出手本就很大方，而且用來交易的東西雖然稀奇，但都是些不算名貴的小玩意。現在這些酒珠子則不同，每一顆在巨人族眼裡都是稀世珍寶，立即引來強者的搶奪。

夏思思雖然怕麻煩，但被人欺到頭上來也絕不是個會忍氣吞聲的人。少女扠起了腰正要罵人，卻有兩名手持石斧的巨人走出來說話了。然而令夏思思哭笑不得的是，這兩人不是出來主持公道，卻是來分贓的。

「阿默，見者有份，我們也不全要你的，留下一半珠子給我們兩兄弟！」

名叫阿默的黝黑巨人冷笑數聲，便把到手的酒珠子收在懷裡，道：「哼！我還道是誰來搶生意，原來是阿拉與阿尼你們兩個。別以為你們人多我就會怕，老子早就看你們不順眼，有本事就過來搶，敢打老子東西的主意，我會讓你們後悔莫及的。」

雖然夏思思早就聽說過巨人族取名隨意，大概就只比直接叫阿貓、阿狗好一點點，可是直到聽到一堆阿飛阿默阿拉阿尼後，她才覺得眼界大開，心想總算遇上取名比她更懶的人了。

「我說你們這些人是不是弄錯了什麼？酒珠子是我用來交換骨杯的，在交易未完成以前，仍舊是屬於我的喔！」夏思思笑了笑道。

少女的話一出，不只是身旁的阿飛，以及爭奪珠子的三人，就連四周躲得遠遠卻仍舊注視劇情發展的眾人，都立即把視線刷刷刷地投向夏思思身上，臉上滿是看白痴的神情。

眼前三人就是這一帶的強者，而這個人類少女長得那麼嬌小瘦弱，三人中無論哪個出手，一掌就足以拍扁她了。想不到她被搶以後，竟然不識趣走開，還傻傻地在這兒妙想天開，想要回被搶的貨物。她難道眞的以爲阿默會看在她是女人的份上，不對她出手嗎？人家只是不屑浪費氣力對付弱者而已，惹火了他，才不管是男是女，還不是會照揍！

站在少女旁邊的阿飛差點兒被夏思思的話活活嚇死。阿默可是這區出名的惡霸，行事心狠手辣，每次出手都必把對手重創方休，膽敢與他作對的下場不是被殺掉就是殘廢收場！

阿飛對夏思思的印象不錯，不想她不明不白地招惹上殺身之禍，立即拉了拉少女的衣袖，小聲說道：「妳別胡說！骨杯我給妳好了，那袋酒珠子就當是我送給阿默大爺的，妳快點退開吧！」

夏思思有點意外，想不到這個巨人族的孩子心腸滿好的。然而少女根本就沒把眼前三個大個子放在眼裡，一雙不懷好意的眸子來回掃視眼前三人。

「思思小姐，怎麼了嗎？」遠遠護衛著少女的康斯疑惑地跑來，不久，其他人也趕來了。

夏思思像是趕小狗似地揮了揮手，道：「沒事沒事，哪裡來哪裡去，你們別來我這兒添亂。」

康斯愣了愣，知道夏思思眞的生氣了，打定主意要鬧事。青年打量那三個巨人一眼，發現他們全是些只懂得使用蠻力的莽夫，除了力氣大以外，再也沒有其他特別的地方，根本威脅不到少女的安全。見夏思思興致勃勃的樣子，要是打斷她的興致，說不定還會被遷怒，因此康斯頷首笑了笑後，便站在一旁任由她處理了。

看到康斯一言不發地站到旁邊，顯是默許了夏思思的胡鬧，雷倫特他們也樂得清閒，立即沒心沒肺地站到一旁看好戲。

阿默本以爲夏思思只是個落單的人類少女，想不到從人群中忽然走出了數名一看就知道不好惹的同伴；而回看自己不但單槍匹馬，旁邊還有阿拉、阿尼兩兄弟正虎視眈眈地盯著自己，令男子不禁有點打退堂鼓。然而那個人類少女卻沒有接受同伴的幫忙，更奇葩的是她的同伴遭到拒絕後，竟眞的撒手不管，站到一旁，一點兒也沒有要幫忙的樣子。

阿默冷笑幾聲，自大地認爲對方害怕他的霸氣而不敢強出頭，立即面露得意地看向夏思思，滿心只想看這被同伴捨棄的人類少女會怎麼辦。

到底是會面露驚惶還是會哭著求饒？卻見少女竟神態自若地點點頭，一臉對同伴的反應感到很滿意的樣子。

反觀站在夏思思旁邊的阿飛快要嚇死了，雖然不知道少女想要幹什麼，但孩子還是感受到她絲毫沒有退縮之意。

夏思思扠起腰，一手指住阿默的鼻子，道：「你！快點把酒珠子還給我！」隨即又把手指轉向在旁那兩名手持巨斧的巨人，道：「還有你們！要弄清楚這袋東西是屬於我的，不是這隻阿豬阿狗的！」

「誰是阿豬阿狗!?」阿默怒不可遏地大吼。

夏思思涼涼地說道：「啊，阿豬阿狗應我了。」

「妳……」阿默一時間被氣得說不出話，只見怒極的巨人舉起巨大手掌，握拳便往少女迎面打去。

頓時圍觀的群眾中響起了驚呼聲、興奮的吶喊以及不忍的嘆息。

利奧波德城的律法非常寬鬆，那些規則就只是設定來做做樣子而已，根本沒有人會遵守。在這裡，只要不是招惹到有背景、有地位的人，即使把人殺了也不用承擔任何後果。

看到阿默舉起拳頭，站在夏思思身旁的阿飛慌忙後退。他與這個人類少女也只是萍水相逢而已，自己警告過她，也算是仁至義盡了。既然對方要找死，少年不打算被她拉著陪葬。

阿默出拳後，注視的人並不是夏思思，而是站在一旁的康斯等人。男子是這區出名的惡霸，沒少幹殺人放火的事，能安然無恙地活到現在，除了他本身實力不俗外，還有的就是他每次出手都很小心謹慎。早在這幾個人類現身時，阿默已留了心，愼防對方在他出拳後做出偷襲動作。

然而這幾個年輕人卻似乎眞的打定主意不插手，竟然沒有人出手阻止。眼看這石破天驚的一拳就要打在夏思思身上，阿默的拳頭卻倏地停頓下來。

「喂喂！阿默，不會吧？到了這時候才來憐香惜玉？」誤以爲男子不忍心把夏思思打死，阿拉與阿尼冷冷地嘲諷道。

阿默卻是有苦說不出，他這一拳就像是打在一道隱形的牆壁上。當他想要把拳頭收回去之際，卻驚惶地發現那道隱形的「牆壁」帶有神奇的黏力，以他的力道竟然也無法掙脫！

夏思思本來只是抱著玩鬧的心態來逗逗眼前這些巨人而已，想不到阿默一出手便是殺著，如果她只是個普通人，只怕早就被男子活活打死了。看阿默殺人不眨眼的模樣，也不知道曾有多少無辜的人死在他的手上。

少女恨他出手歹毒，也就毫不留情地催動魔力，把阻擋在兩人之間的水盾瞬間爆破。只聽到「喀卡喀卡」的悶響聲不絕，短短數秒，阿默的手骨便被水元素震得粉碎！

眾人只見阿默的拳頭忽然停頓，隨即男子便漲紅了臉地又叫又跳。正在莫名其妙之際，忽見阿默慘叫一聲倒地，那隻攻擊少女的手竟然不知何時已扭曲變形，然而，卻沒有人看出夏思思是怎樣出手的！

只有傭兵們在阿默的手被水盾黏住時，勉強看得見盪開的水紋，其中尤以身爲

魔法師的芙麗曼反應最震撼。夏思思召喚水元素的速度實在太快、太驚人了，這還是女子首次見到如此迅速的元素召喚，以及這種別開生面的水盾運用方法。

阿默痛得跪倒在地，受傷的手再也無法握穩從夏思思那裡搶奪而來的酒珠子。手一鬆，裝著酒珠子的小布袋便掉落在地。阿拉立即看出便宜，蹲下身把珠子撿起，阿尼見同伴得手，竟然舉起手中斧頭，便要往背對著他的阿拉身上砍去！

這袋酒珠子價值不菲，與其得手後兩人平分，阿尼決定把同伴殺掉後再獨吞，即使這個同伴是他的親哥哥！

這些人為了利益竟真的什麼事都做得出，對方的狠毒，令旁觀的傭兵們無不動容。芙麗曼掩嘴驚呼；雷倫特、奧克德卻是破口大罵阿尼卑鄙，即使是隊伍中最為穩重的康斯與伊達，也不禁皺起眉並且滿臉不屑。

聽到眾人的驚呼聲，阿拉愕然回頭後，只看到巨斧迎面砍來，想要躲開卻已來不及，只能閉目等死。

阿尼正要得手，卻忽然感到面前一陣強大的阻力，整個人像是在水底活動般，揮動石斧的動作頓時緩慢下來。

預期中的痛苦沒有來臨，阿拉疑惑地睜開雙眼，驚見阿尼被困在一顆巨大的水球中。

這水球正是夏思思的傑作。想當初就連西方軍訓練有素的重甲兵也被這些水球折騰得半死不活，更何況夏思思恨對方歹毒，還特意把水壓加倍，巨人族雖然力大無窮，卻也照樣被困。

夏思思是個很護短的人，這點光看少女對奈伊的維護便可知曉。阿尼這種向朋友出手的舉動觸怒了她，少女特意不把氧氣加進水球中，只見阿尼在強大水壓下徒勞無功地揮舞石斧，一張臉因缺氧而憋得一陣紅一陣白，嘴巴更像金魚般大大地開闔著，看起來實在滑稽得很。

見阿尼被水球困住，阿拉手一揮，竟毫不猶疑地舉起石斧反擊。

「天啊！這兩人到底算是什麼同伴？」兩個巨人一個比一個狠，對待同伴的凶狠程度簡直就像是有什麼深仇大恨似地，看得眾傭兵目瞪口呆。

深知這個阿拉也不是什麼好東西，夏思思只是討厭別人在她眼前自相殘殺而已，並沒有特意要包庇哪一個，她心念一動，水球便形成一個小漩渦，把阿拉的石斧捲住，來不及放手的男子頓時被拉進水球中。

看著兩個一起在水球中掙扎不已的難兄難弟，夏思思冷冷地說道：「要打跑遠點，不要在我面前打！」說罷，只見少女彈了彈指頭，水球中的兩人忽然就消失無蹤了！

連串的變故令阿默震驚得連手上的痛楚都忘掉了，駭然地看著眼前空無一人的水球，內心震撼無比。

夏思思首次出手，阿默完全不曉得發生什麼事情便已吃了大虧。雖然知道少女強悍，但到底有多強卻因交手的時間太短而沒有太大的認知。現在親眼看著兩名活生生的巨人就這樣子毫無預兆地被夏思思變沒了，也不知道兩人是生是死，這神鬼莫測的手段，讓阿默一陣心寒，深深後悔自己怎麼招惹上一個如此可怕的對手。

把人用水遁轟走後，夏思思立即後悔了，四周的人也許看不明白，但同是魔法師的芙麗曼絕對清楚她耍了什麼手段，光是看女子這副雙目發亮、恨不得立即衝過來討教的神情便可知曉……

只怕接下來的路程，她要重操一下在西方要塞時的故業，當一陣子魔法老師了。

夏思思如此驚世駭俗的表現，令深知不敵的阿默什麼戰意也沒了。雖然他已萌生退縮之意，可惜巨人族的鬥爭很殘酷，戰鬥起來往往不死不休，即使投降也絕不會獲得敵人的饒恕。因此即使明知道不敵，但阿默仍是沒有說出任何求饒的話。

對巨人來說，投降正意味著死亡，雖然被夏思思廢掉的右手痛入心扉，但阿默還是以左手撿起阿尼遺下的石斧試圖展開反擊。

夏思思有點意外地看著仍然一身戰意的阿默，想不到這個巨人竟然凶悍如斯。少女很清楚對方的右手在她先前的攻擊下已經完全廢了，受傷的人若換成是她，痛都痛死了，阿默竟然還想繼續戰鬥下去！

阿默的表現令夏思思生起一股由衷的敬意，何況先前那口惡氣也出了，少女便擺了擺手，不再爲難對方，道：「夠了，你不是我的對手，還是離開吧！」

「妳……讓我離開？」阿默興奮得渾身顫抖，幾乎不敢相信自己聽到了什麼。

這個人類少女竟然無條件放他離開？

夏思思被對方的反應嚇了一跳，道：「怎麼？你該不會想賴著不走吧!?」

阿默驚疑不定地打量著眼前的少女，對方的反應令他漸漸安下心來，隨即神色陰晴不定地不知道在想些什麼。

夏思思臉上不動聲色，暗地裡卻凝神戒備。阿拉與阿尼的窩裡反，充分展現出這個種族狠辣的一面，令少女對巨人族完全不敢掉以輕心。

打量了夏思思好一會兒，阿默忽然「砰」地向夏思思跪了下來，道：「老大！請收我做手下吧！」

「啥？」

前後巨大的落差，讓眾人一時都呆了。

「呃……你剛才喚我作什麼？」

「老大啊！」

「你說要做我的手下？」

「對！」

「爲什麼？」

「因爲老大妳比我強！」

「……」

其實阿默此舉的目的並不單純，當中有著絕大的私心。

在巨人族中，只要出現爭鬥，便一定要分出生死勝負，戰敗者若能幸運存活下來，這些人必定會成爲其他族人輕蔑的對象，即使再強的強者，也只能過著比過街老鼠還不如的淒慘生活。只要他敢反抗，就會受到全族群起而攻，因爲好勇鬥狠的巨人族不接受失敗者！

何況阿默還是這區出名的惡霸，仇人眾多。混有人類血脈的他，力氣不如純種巨人，一直以來都是憑著出色的拳術進行鬥爭。只要他右手廢掉的消息一傳出去，不出三日必定死於非命。

阿默見夏思思爲人似乎還不錯，實力又強，她身邊的同伴看起來也不像是泛泛之輩。何況身爲外來者的夏思思，正好可以帶他離開，因此阿默立下決心跟隨她到外界混，怎樣至少都比留下來等死強。

少女一雙杏眼機伶地一轉，隨即向巨人露齒一笑，道：「我大致猜到你在想什麼了……也罷，既然饒過了你的性命，我也不想你因右手的傷勢而被別人殺死。只是要做我的小弟可不簡單啊，要是不聽話，我會立刻把你丟掉的！」

一番話到了後來，那充滿江湖味的語調讓傭兵全都傻掉了，皆頭痛地於心裡吶喊著夏思思果真是個天才，打場架竟也能打個小弟回來過過大哥的癮。

阿默心頭一跳，對方這番話顯示出她已猜出自己打的如意算盤。這個新認的老大比想像中還要聰敏。阿默決定暫時乖乖聽她的話，一切等離開了利奧波德城後再說。

見事情已告一段落，夏思思的視線掃過一旁的阿飛想要繼續交易，隨即才想起用水遁把阿拉他們丟出去時，酒珠子也一併傳走了。當時少女氣在心頭，隨意連結個遠遠的地標便把人轟出去，現在也不知道這兩個倒楣的傢伙在哪條河流或湖泊漂流了呢！

雖然憑元素精靈對水的控制力，她也不是無法追蹤兩人所在的位置，可是少女也懶得再花精神去找那些對她來說沒什麼用處的酒珠子了，只見她空空如也的手隨意一翻，又是個存放了數枚酒珠子的小布袋，道：「差點忘記了，我們還沒完成交易呢！」

阿默被夏思思的動作嚇了一跳，猜不透這袋珠子是從哪兒取出來的，只覺這名剛認的老大，詭異的手段層出不窮，不禁感到對她又敬又怕。

看到夏思思的動作，阿飛不禁歡呼起來。在酒珠子被阿拉帶走時，他本以爲這場交易已經無望，想不到少女竟隨手又拿出一袋，而且看起來裡面的珠子數目比先前那袋更多。

夏思思對酒珠子那漫不經心的態度，讓阿默不禁小聲嘀咕道：「既然對這些珠子看不上眼，那先前我來搶的時候又反抗什麼呢？乖乖讓我搶不就皆大歡喜了？」

傭兵倒不覺得意外。他們早就摸清楚夏思思的性格，知道她是個外柔內剛的人。雖然那些珠子在少女眼中並不重要，可是被人迎面挑釁，不十倍奉還就不是夏思思了。

確認了阿默的小弟身分後，芙麗曼便放出治癒魔法替男子把右手治好。這也是阿默運氣好，當時夏思思只是把他的手骨震碎，手臂雖然疼痛卻至少沒有任何缺失，不然治癒術只能用於治療，卻無法讓失去的部位重新長回來。

就在夏思思把手中的酒珠子交給阿飛時，又是一隻黝黑大手伸出。

三番兩次被同一人阻撓，少女不滿地瞪向阻止她的阿默。

被夏思思不悅的眼神盯得膽戰心驚，阿默立即討好地向少女說道：「老大，妳不用和這個小鬼交易什麼，想要那個骨杯，小弟我立即替妳搶過來！」

說罷，也不等夏思思回應，阿默便換上了凶狠的神情，以一副標準的惡霸相轉向阿飛，道：「小鬼！還不快點把骨杯交上來！」

阿飛差點要哭了，怎麼轉眼間便變成了他被搶啊……

夏思思想巴男子的頭，無奈嬌小的她身高不夠，只好改為一掌往對方的背部拍過去，道：「閉嘴！我又不是你！」

巨人族身體強壯，少女的力道對他來說根本不算什麼。只見阿默龐大的身軀就像大山似地動也不動，滿臉輕鬆地把夏思思的力道承受下來。

「可是，老大比我還要厲害，那為什麼不搶？」男子是真的很納悶，實在不明白面對如此弱小的對手，少女為什麼還要以物易物那麼吃虧。

四周的居民也是一臉迷茫。先前不知道夏思思的實力也罷，現在不要說她本人，單是阿默這個土皇帝他們已經招架不住，夏思思根本就不用依照交易的規矩，想要什麼就可搶什麼。

康斯不禁搖搖頭，想不到巨人族的思想竟如此原始直接。說好聽點是單純，難聽點就是沒有道德觀念。阿默未來將會與眾人一起旅行，現在康斯的感覺，就像是放了一頭豺狼在身邊，什麼時候會被反咬一口都不知道。

其他人他們管不著，可是他必定要把阿默的觀念扭轉過來！

如此想著的康斯正打算上前好好教訓對方一頓，夏思思卻先他一步開口說話了。見狀，青年也就停下腳步，他倒是很好奇少女會如何解答阿默的疑問。

「因爲交易這種手段比使用暴力更容易讓人達成目的啊！」

所有人全都愣住了，沒人猜想到夏思思會這麼回答。

只見少女輕描淡寫地續道：「要說的話，金錢也是實力的一種，有時候它能發揮的力量比武力還要來得大。既然交易比強搶更有效率，而且我又不是沒錢，那何必爲了一只小小的骨杯與別人拚命？」

說罷，夏思思手一拋，那袋酒珠子便穩穩落在阿飛手中，道：「何況這些小東西我根本就不在乎。」

芙麗曼的雙眼立即迸發出崇拜不已的光芒，她作夢也想要說說這種暴發戶才有氣勢說出口的狠話啊！

阿默聞言，興奮得紅了眼，感覺自己果然跟對人了。這個少女不但有實力、有財力，而且出手還闊綽得很。對外人已經是如此，自己是她小弟，將來得到的好處還怕會少嗎？

一瞬間，阿默的心態立即變了。本來只想利用夏思思帶他出城而已，可是此刻阿默倒是收斂起那份深入骨髓的狂妄，開始認眞把少女視作老大來敬重了。

當然這份忠誠只是出於對自身的利益，若是哪一天夏思思無法給予他任何好處，阿默必定會毫不猶疑地選擇離開，甚至反咬對方一口。

康斯又怎會看不出阿默的心思？雖說他們一行人只是少女聘請的導遊兼保鑣，並沒有阻止雇主的立場，可是作爲朋友，康斯還是覺得自己有提醒她的義務。

「思思小姐，建立於利益上的關係……」

「我知道你想說什麼，可是人的觀念不是一時三刻就能改變的。」夏思思狡黠一笑，道：「我家鄉有句話說：『重賞之下必有勇夫。』相較於以暴力讓別人屈服，以金錢利誘更能讓部下死心塌地的喔！」

康斯喃喃地重複著「重賞之下必有勇夫」這句他從未聽聞、卻有著深厚意境的話，良久，才回過神來，道：「很有意思的一句話，既然思思小姐認爲沒問題，我也就不多干涉了。」

隨手把骨杯收進空間戒指，夏思思回首露出了眞摯的笑容，道：「說不上干涉不干涉的，我知道你是在爲我擔心。雖然我現在的身分是大家的雇主，可是我早就把各位當朋友了。你也不要那麼見外，像奧克德他們那樣直接喚我作思思就好。」

夏思思的話讓眾人心頭一暖，就連冷淡的伊達也朝她微微點了點頭。他們都聽出少女這番話是眞心的，夏思思是眞的把大家視爲朋友而不是下屬。

雷倫特最沉不住氣，聞言立即問出了藏在心底的疑問：「既然思思把大家當朋友，那麼總能告訴我們妳到底是誰了吧？」

「雷倫特你傻了嗎？我是夏思思，早在第一天見面的時候就告訴過你了。」

「我是說妳的身分！我才不信妳只是個普通的商人或魔法師這種鬼話。」

「呵，這個我可不會告訴你。」

眾傭兵心裡一沉，心想先前把話說得如此漂亮又如何？不就連眞正的身分也不願意告訴他們嗎？還說把眾人都視作朋友……

看到傭兵的神色，夏思思知道他們誤會她的意思了。少女也不著急，依舊一副氣定神閒的表情，道：「早在我聘用各位作導遊那天起，就沒打算要瞞大家什麼。現在不說，是因爲到達王城以後，你們自然會知道我的身分，這麼早告訴大家就不好玩了。呵呵！我們就期待那個時候的來臨吧！」

想到眾人知悉她是勇者以後的表情，夏思思不由自主地露出一絲陰險至極的笑容。少女惡作劇的神情讓眾人無奈之餘，卻變得更好奇了。

「到達王城便知曉……難道思思是王城很出名的貴族？」

夏思思微微一笑，伸出食指向天指了指，示意自己的地位比貴族更高。

「嗯……妳擁有軍用地圖，而且騎術高明，該不會是教廷的聖騎士吧？」

「別忘了我不懂劍術。」沒好氣地應了一句，夏思思的食指持續向天。

「不會吧？地位比聖騎士還要高？妳不要告訴我們妳是王族成員……難道妳是安朵娜特公主!?」

夏思思翻了翻白眼，心想那個潑辣公主算什麼，手指繼續用力往上指了指。

「比公主更高!?妳不是在耍我們吧？更高的就只有國王陛下、教廷主教大人以及大祭司而已。」

少女聽到他們說的都是熟人，而且全部清一色是男的，不禁被他們逗得咯咯嬌笑，不過一直指著天空的手指總算放了下來。

眾人面面相覷，說了這麼久，不但猜不透夏思思的身分，反而變得更加迷茫了。還好夏思思的手指沒有繼續指天，不然少女的身分比那三位還要高的話，也未免太驚世駭俗了……

《懶散勇者物語‧卷四》完

後記

各位好！謝謝大家購買這本《懶散勇者物語04　離家出走的勇者》！

半年不到，《懶散勇者物語》這本小說已經出版了四集啦！

來到5月份，天氣開始變得炎熱起來，女孩們，準備好亮麗的泳裝去享受陽光與沙灘了嗎？男孩們，眼睛準備好吃冰淇淋了嗎XD

剛與媽媽慶祝了母親節，不得不說「母親」實在是非常偉大、非常了不起的身分。先不說媽媽十月懷胎的辛勞，光是養育孩子，已經是一個很考驗耐性與愛心的學問。

作爲子女，我也有不少被父母嘮叨的經驗，老實說，當時眞的會覺得他們很煩人……可往往事情過後，靜下來細心一想，還是明白他們所做的往往都是出於對孩子的關心與愛護。

媽媽，我愛妳！

一年一度的母親節，正好可以讓子女向母親表達自己的愛意，大家有與母親好好慶祝、送上一些表達心意的祝福與小禮物嗎？

要說香港5月份的盛事，除了母親節以外，必要說一說荷蘭概念藝術大師Florentijn Hofman的經典代表作——充氣黃色巨鴨「Rubber Duck」了！

這頭可愛的充氣巨鴨，高和寬各16.5公尺，長19.2公尺，約6層樓高，於5月份在維多利亞港展出。在巨鴨的襯托下，維港兩旁的高樓大廈，以及路過的船隻也變得好像玩具一樣，非常有趣！

雖然展覽途中發生了意外——巨鴨破洞漏氣了！但聽說相關部門已在搶修中。希望Rubber Duck快點恢復精神繼續與香港市民見面吧！

□

在第四集裡，思思首次離開了同伴的庇護，結果獨自一人的旅程才剛展開，便迷路了。還好在森林遇上康斯等傭兵，這才讓勇者大人免除了幾乎要動用水遁來尋路的尷尬局面。

另外，有不少細心的讀者曾經詢問過我，在小說封面上，書名旁邊的貓咪會是將要出場的新角色嗎？在第本集裡，還未出場，卻已受到讀者們注意的小妖獸「小妖」，終於以詭異的方式隆重登場了！

這頭外表可愛的小妖獸，性情狠辣狡詐，還有著不得了的身世。對於小妖的來歷，我並沒有很詳盡地解釋過，但如果各位綜合內文的前文後理以後，應該都知道小妖到底是誰了吧XD

出書至今也有一年多了。現在已習慣了下班回家後打文的生活，不知不覺寫小說已從「興趣」變成了一份「工作」。

聽過不少作家朋友說，自從出商業本以後，對寫作的熱情便會開始減退，還好我暫時還未出現這種症狀（也希望永遠都別出現）。

寫作之神啊！請讓我對寫作的熱情與喜愛能夠持續至地老天荒吧！

當然，也希望大家對我的作品的喜愛能夠一直持續下去XD

各位親愛的，我們第五集再見！

香草

【下集預告】

懶散勇者物語 vol.5

收了個「巨人」小弟的勇者大人來者不拒，
這次竟把襲擊自己的強盜團整個收下！
前往王城的旅程，似乎愈加熱鬧，而且詭異了……

傳說大陸上曾出現一名以邪惡聞名於世的紅袍法師。
夏思思得知強盜團的眞正目的後，
竟與眞神私下決定，齊齊改行來盜墓！？

卷5 紅袍法師的陵墓．敬請期待～～

國家圖書館出版品預行編目資料

懶散勇者物語 / 香草 著.——初版. ——台北市：
魔豆文化出版：蓋亞文化發行，2013.06
冊； 公分.
ISBN 978-986-5987-20-6（第4冊；平裝）

857.7 101026390

fresh FS040

懶散勇者物語 vol.4

作者 / 香草
插畫 / 天藍 封面設計 / 克里斯
出版社 / 魔豆文化有限公司
地址◎ 台北市103赤峰街41巷7號1樓
電話◎（02）25585438 傳眞◎（02）25585439
部落格◎ gaeabooks.pixnet.net/blog
臉書◎www.facebook.com/Gaeabooks
電子信箱◎ gaea@gaeabooks.com.tw
投稿信箱◎ editor@gaeabooks.com.tw
郵撥帳號◎ 19769541 戶名：蓋亞文化有限公司
發行 / 蓋亞文化有限公司
法律顧問 / 宇達經貿法律事務所
總經銷 / 聯合發行股份有限公司
地址◎ 新北市新店區寶橋路二三五巷六弄六號二樓
電話◎（02）29178022 傳眞◎（02）29156275
港澳地區 / 一代匯集
地址◎ 九龍旺角塘尾道64號龍駒企業大廈10樓B&D室
電話◎（852）2783-8102 傳眞◎（852）2396-0050
初版三刷 / 2017年5月
定價 / 新台幣 180 元
Printed in Taiwan

ISBN / 978-986-5987-20-6

魔豆

魔豆